凝眸深情

张振斌 著

中国海洋大学出版社
·青岛·

图书在版编目(CIP)数据

凝眸深情 / 张振斌著 . —青岛：中国海洋大学出版社，2016.8

ISBN 978-7-5670-1202-8

Ⅰ. ①凝… Ⅱ. ①张… Ⅲ. ①散文集—中国—当代②报告文学—作品集—中国—当代 Ⅳ. ①I217.2

中国版本图书馆 CIP 数据核字（2016）第 177340 号

出版发行	中国海洋大学出版社		
社　　址	青岛市香港东路 23 号	邮政编码	266071
出版人	杨立敏		
网　　址	http://www.ouc-press.com		
电子信箱	158935586@qq.com		
订购电话	0532-82032573（传真）		
责任编辑	郑雪姣	电　　话	0532-88334466
印　　制	日照报业印刷有限公司		
版　　次	2016 年 8 月第 1 版		
印　　次	2016 年 8 月第 1 次印刷		
成品尺寸	166 mm × 240 mm		
印　　张	15		
字　　数	195 千		
印　　数	1—5000		
定　　价	38.00 元		

为自己歌唱

——《凝眸深情》序言

同事临淄二中校长张振斌先生捧一大摞书稿找我叙旧并嘱我作序,谈起以往一道工作、读书的日子,兴味盎然,往日如在眼前。那段时光都是我们年轻人热情高涨、书生意气之时,又都是些喜欢写点东西的人,自然就有许多共同的话题和感受。说到这些随笔性的东西,都是当时日常工作所感,业余时间连缀成文,如今已经洋洋洒洒二十余万言了。不求功名显赫,只为对得住自己曾经的奋斗历程,于是决定付梓。又不想托贤达为序,只求见证者与共同奋斗者一言。我无法推脱,也推脱不掉,并深深为之感动。

冰心曾有诗道:什么是播种者的喜悦呢?倚锄望,到处已有青青之痕了……

这正是我为之感动的原因。现在职场中的骨干和中坚,大都是当年莘莘学子中的佼佼者,不少人有着强烈的文艺情怀,怀着自己从小做起的文学梦想。进入职场后却发现所用并非所学,或所用并非所长。难免苦闷和失落。经历苦闷和失落后,往日的雄心渐渐随时光淡化、稀释,慢慢消减了。前段日子一职场刀笔吏以文言所写的去职信引发无数人共鸣,也就不足为怪了。其实知识不等于素质,学识不等于学养,素养和智慧其实是沥出知识、学历、阅历之后一份自然的沉淀和结晶。

张振斌先生,笔名文武。先后工作于临淄第一职业高中、临淄区教育局、辛店中心校、临淄第二中学,历任学校政教、教务主任、校长,区教育局科长、副局长,系山东省青年作家协会会员,山东省作家协会会员。繁忙的工作和事务之余,文学情怀难释。心中那颗文学的种子依旧在生长,多年来笔耕不辍,青痕遍地。作品有报告文学《最后一批民办教师》(发表于《时代文学》)、《齐都拓荒牛》(发表于《中华儿女》)、散文《回家过年》《乡思》(发表于《散文选刊》)、《孩子,请把你的真情表达》《乌河,我的母亲河》(发表于《山东教育报》)、《老屋》、《祭奠父亲》、《送人玫瑰,手留余香》、《32个未接电话》(发表于《淄博日报》、《财经新报》)等。《凝眸深情》是作者第一部文学作品集。

文学到底为什么?为人生,为社会,为时代,历来仁者、智者各执一端,立论异彩纷呈,流派多姿多彩,这些都离振斌先生很远。他坦言:心中依然是那份浓得化不开的文艺青年情结。我之为文,就为自己,为自己曾经奋斗的那段岁月。这一点着实可敬,着实引人深思。善舞者,以艺示人,以技悦人。振斌先生愿做没有观众的舞者和歌者。为自己的心灵歌唱和舞蹈,这也是另一种高度和境界吧,我欣赏这种境界。

捧卷展读,掩卷深思。振斌先生在深情地回望自己的足迹,这是播种与耕耘者的深情回眸,字里行间不见雕饰,近乎白描,因为他在为自己的心灵在歌唱、舞蹈!

是为序。

马国庆

2016年7月2日

(马国庆,山东省作家协会会员,齐文化博物院院长,代表作有长篇小说《神鞠》)

目 录
Contents

散文篇

乡　思 …………………………………………… 3
父　亲 …………………………………………… 7
32个未接电话 …………………………………… 10
老　屋 …………………………………………… 15
回家过年 ………………………………………… 18
送人玫瑰　手留余香 …………………………… 21
杀　鸡 …………………………………………… 24
亲情相伴 ………………………………………… 26
洗澡(上) ………………………………………… 30
洗澡(中) ………………………………………… 33
洗澡(下) ………………………………………… 37
雨　花 …………………………………………… 40
白衬衣 …………………………………………… 42
野芹菜 …………………………………………… 45
玉麒麟和墨兰花 ………………………………… 49
追忆饥饿 ………………………………………… 51

孩子,请把你的真情完美地表达……………………54
风　筝……………………………………………………56
草原上没有不落的太阳——再入内蒙古……………59
一辈子做个好老师………………………………………63
公寓费……………………………………………………65
出　身……………………………………………………70
华　妹……………………………………………………75
儿子威胁我………………………………………………78
我和儿子说快乐…………………………………………81
儿子,请你宽容老师………………………………………84
我和儿子一块上初四……………………………………86
家有斗米,我先学电脑…………………………………90
墙高基下　虽得必失……………………………………93
学生欺负我………………………………………………97
学生韦栋…………………………………………………100
种瓜得瓜,种豆得豆……………………………………104
一句话的事………………………………………………107
教育的成功在于尊重……………………………………111
降龙十八掌………………………………………………114
感悟聪明…………………………………………………116
别让期望压垮孩子………………………………………119
绿翠竹,白杨树…………………………………………123
宽容永存心间……………………………………………127
人生大境界………………………………………………130
开学第一课——教学生理财…………………………133
课堂小错…………………………………………………136
小议数学的严谨性………………………………………138
一道抄错的数学题………………………………………141
毕业致辞…………………………………………………143

报告文学篇

最后一批民办教师 …………………………………… 149

"四·二八"胶济铁路特别重大火车相撞事故八周年祭 ………… 170

山东第一张"教育券"诞生记 ……………………… 212

拓荒牛 ……………………………………………… 221

回眸五十年(代后记) ……………………………… 227

散文篇

乡 思

新的住所前有条小河,河水缓缓东流。夏日夕阳余晖下,我陪着妻子,领着年幼的儿子沿着河堤散步。太阳渐渐沉入遥远的地平线,四射的光芒,慢慢幻成漫天的红霞,弯弯的小河也反射出一片金黄色。我们仨的影子映入泛着涟漪的清流之中,随着河水缓缓流淌。

远处传来孩子们的吵闹声,几个背着书包的小学生用拴住的罐头瓶子从河中捞鱼,不知是为抢夺劳动工具,还是分享劳动成果,争吵不休。儿子被吸引过去,妻子不放心地追了过去。我独自一人在夕阳纷披中走着,踩着赫色的土、青青的草、白白的花,山野的风轻轻抚摸着我的脸颊,撩拨着我那颗未泯之心。

我虽身处南粤圣地,常常冥想被五岭山雨淋湿,洗去心中尘封已久的乡思。可此时此刻,我却难以做到,心中思绪的鸟儿展翅飞翔,越过湍急的河流,飞过苍茫的平原,翻过巍巍的群山,栖落在故乡的柳树林、芦苇荡、乌河水中。

我的家乡坐落在鲁中平原,是一个六七十户的小村落。村西的芦苇簇拥着一条小河绕村蹒跚而过,一河清水如诗如歌,昼夜不舍,缓缓北流。这便是生我、养我的乌河,常常牵动我的心绪,让我找寻儿时情感的母亲河。

村的西南,河水北边有一泓清泉。方圆有两三个磨盘大小,白白的细沙铺盖在泉底,一股浪滔从泉的中间汩汩冒出,一年四季永不停歇。六七十户人家稀稀落落漫延了一里多长,却没有一口水井,因而,每当晨曦初露时,未上工的大姑娘、小媳妇便来这儿担水造饭。泉边也迎来了一天中最热闹的时刻。空筲的"吱扭"声由远而近,担上水的扁担的"咯吱"声由近及远,唯有不绝的便是女人的调笑声、谩骂声,随着筲儿跌入泉水,击破如镜的水面、激起无尽的浪花。传向对岸,钻进柳林,撒向天空,在蒙蒙晨雾中透露着生机和希望。

清澈的泉水在女人笑声中,从起伏的扁担上,飘飘悠悠地淌入了全村老少的血液中,一天天,一年年,浇灌出一茬又一茬肩阔腰圆的后生,在乌河边耕耘、收获,延续着子孙后代。

长在河边的孩子生性喜水,乌河又一向和缓,所以,我和小伙伴们常常躺在河水中,任夏日悄去,任秋风突起,温情的河水拂拭着我们的身子,打发着少年的岁月。

烈日炙烤的日子,常常一放学便抓块干粮向河边跑去,一下河堤便丢鞋子、退裤子,满河滩黑黝黝的小屁股,下饺子似的跳进河中。河边的孩子不用别人刻意教游泳,靠的是以大带小,代代相传,只要浮在水面,统一的姿势——狗刨。三人一伙,五人一堆,打水仗,比踩水,扎到水底看谁憋气时间更长,边憋气边游泳看谁游得更远……游来游去,忽上忽下,钻进水中就有了无尽玩法,玩出了无穷的乐趣。

游累了,爬上河堤,躺在松软的草上,晒着滚烫的太阳,沾沾家乡的黄土,鼻中充满野花的馨香。有时,爬上那棵弯脖子柳树,光着屁股坐在那近乎与水平行的树干上,折根树枝在水里拼命地划桨。划够了,摸摸火辣辣生疼的屁股蛋子,一个跟头扎到水中,任凭分去合来的浪花"呱唧、呱唧"拍打着身子,喘口气,又追寻着伙伴们去抓鱼、挖苇根了。

在儿时的记忆中,整个夏日是泡在乌河水中。七月十五是个例外,大人说这天叫"鬼节",河中的小鬼在这天的正午要来抓人。下河戏水，不但小孩子不去，大人们也躲开这一天。因此，没有河水的日子，伙伴们如宫中怨妇长夜孤寂、苦日难熬。

秋末天凉，河水不能下了。有趣的事，便是跟着希孟二大爷夜晚去抓虾。二大爷一直独居，无牵无挂，却是编席、编篮的好篾匠。每当夜幕笼罩田野时，我们便会身背虾篓，紧随衔着长烟袋的二大爷身后，把虾篓下到石桥南边的泉口，然后爬到桥东端的石楼上，蹲坐在大石狮子的脚下。遥望广袤的夜空，在孤寂而又恬静的夜色中，用心灵和微笑的星星畅谈，倾诉对遥远世界的向往。每当三五月明之夜，如水的月光遍洒田野，给原野蒙上薄薄的轻纱，远处的院落、村庄抱成一团，朦朦胧胧，时隐时现。河面上浮起乳白色的雾气，在微风过处芦苇的"沙、沙"声中，升腾缭绕，给寂静的夜色平添了几分神秘。唯有那桥下的流水，滔滔不绝，仿佛唱着一曲永不停歇的歌谣。

更多的时间，是依偎在二大爷身旁，听他讲三国、拉西游，还有展翅高飞，救人于危难的神鸟——凤凰鸟。在我儿时的记忆中，只上过三年私塾的二大爷就是一部读不完的史书、听不厌的乐章，犹如那清清泉水，汩汩流入我的心灵，铭刻在我儿时吹不掉、洗不净的记忆中，成为我后来能写点东西的源头。

离开家乡，出外求学，工作已经十五六年。风沙吹老了岁月，吹不老我的思念。尽管宽阔的水泥桥抹去了小石桥丝丝痕迹，二大爷带着虾篓也悄悄去了另一个世界，但柳树林、芦苇滩、清水泉……所有的一切都成为我永生的印记。

"回去吧，天不早了。"妻子的呼唤声把我从浓浓的乡思中扯脱出来。捞鱼的孩子，唱着歌儿已经远去，儿子也回到身旁。我回转身，宁静地望着故乡的方向，我深知无论走向何方，纵使相隔万水千山，我生命的根如故乡的芦苇一样，深深扎根于生我、养我、育我的乌河岸边。

不会忘记,也不能忘记。

(此文2016年发表于《散文选刊》第七期)

读者反馈

1. 对于一个远离家乡的人,家乡的一切都是那么美好。随着年龄的增长,故乡的山山水水,已渐行渐远,带走了欢笑,留下了思念:那小村落、那条乌河、那时二大爷永远讲不完的故事是"我"最难忘的回忆。其实每个人就像一只放飞的风筝,无论身居何地,身在何处,心灵之绳永远系在故乡。"此夜曲中闻折柳,何人不起故园情。"本文叙事中体现依依乡情、绵绵思念,故乡的一切在思念之人心中,都是历久弥坚的芬芳。

2. 语文老师文学功底深厚,写散文堪称一绝!噢,原来游泳是这样"炼"成的。与洗澡三部曲一起,奏响了水的赞歌。与水相伴,快乐童年。小时二大爷的故事,播散了文学素养的种子。慢慢发芽,造就了今日的文采飞扬。这篇乡思,我已作为教科书,给儿子读了。谢谢提供这么好的写作教材。

父 亲

正月二十六,是父亲的祭日。屈指算来,父亲走了已经整整二十五个年头。

父亲四十六岁才有我,我八岁时父亲就患半身不遂,十六岁时父亲病逝。在我迷茫的记忆中,父亲留给我最多的是艰难行走的背影。父亲的一生很普通、很平凡,普通得如漫天飞舞的雪花,平凡得如挂满枝头的绿叶,载着一路风尘,在人世间悄悄闪过。父亲在儿子心中又很伟大,这不单单在于给予了我生命,更重要的是我从父亲身上秉承了勤劳善良的美德和坚忍向上的毅力。

二十世纪六七十年代,贫穷在乡村中泛滥。不知道什么原因,从小我就有个肚子疼的毛病。每当母亲摊煎饼时,常常会在草灰中烧热一块砖,然后包好让我趴在上面捂一捂肚子,虽然能减轻暂时的疼痛,但总是不能去掉病根。有一年的雪天,我疼得厉害,父亲背着我到北边王家庄药铺看病。看病的是一个王姓大夫,开完处方后,父亲一摸带着的钱不够,问能否赊欠一点。王姓大夫一听就把处方撕了,并斥责说没钱看啥病,然后背起带有红"十"字的方形药箱,把我和父亲撵出药铺,锁门往家走。父亲背着我跟在王姓大夫后面,央求给我拿点药,任凭父亲再三恳求,大夫就是不搭腔。走到他家门口时,王姓大夫生气地把柴门一跺一别,把我和父亲挡在了柴门之外。自此以后,"柴门"内外三人对视的一瞬成为我生命的定格,读到"小叩柴扉久不开",就会想到父亲背着我眼望柴门的呆呆神态;听到"柴门闻犬吠",就会想到王姓大夫轻蔑嘲笑的目光。这一生命的定格,是我对一生勤苦父亲的可怜,更是我对为富不仁者的永世憎恨。

  回去的路上,裹在漫天雪花中的父亲背着我,一步一个深深的脚印,蹒跚而行。搂着父亲的脖子,我静静地趴在他瘦弱的背上,感到父亲滚烫的泪水滴滴滚落在我小小的手背上,颗颗砸印在我幼小的心灵中,成为我一生努力向上的不懈动力。

  父亲上过三年小学,在村中还算是识文断字之人。因此,在生产队曾干过仓库保管员之类的差事,但母亲常常抱怨说:"你父亲干了一辈子保管员,家里一粒粮食也没捞着生产队的。三年灾害时,逼着我领着你哥哥、姐姐出去要饭吃。"

  有一年,生产队的仓库被人偷了。因为门上的锁并没有大的损坏,公安破案时,就把唯一拿钥匙的父亲作为重点怀疑对象,吃住在我家,既是管饭,又是查看父母的神态变化。老实本分的父亲有苦说不出,村里的人又说三道四,母亲虽一再开导他说:"咱又没偷,你怕啥?"但父亲总是心事重重,常常一人独处,抽烟不止。几个月后,公安查到是西边杜家村姓杜的一家用万能钥匙偷的,才把父亲从别人的冷言冷语中解脱出来。此事以后,父亲更加少言寡语,不到半年便患病倒下。

  父亲一生很善良,他不但把自己的父母养老送终,还送走了他的三叔三婶,直到三十才结婚成家。父亲很勤劳,后街的刘嫂在我很小的时候就对我说:"你弟兄四个千万别忘了你父亲,为了浇自留地,他白天在生产队干活,晚上打辘轳浇地,整晚上不睡觉。"父亲生病期间,曾经好过一段时间。但他身体一好,就不听家人的劝阻,为了给穷苦的家庭多挣几个工分,强撑着为生产队放牛。牵着两头耕牛拽来拽去,最后,带病的身体经不住折腾,在乌河边突然犯病。别人发现后,大哥和几个人把他抬回家。父亲在病床上前后待了八年,八年中他不断抗争,拄着拐杖努力走动,常常磕碰得鼻青脸肿,无奈当时的医疗条件有限,家里的经济条件有限,又是二次复发,父亲再也没有走出过家门。

我十六岁时,在那个欲暖还寒的春日里,父亲在冰冷的土炕上耗尽最后一丝气力,悄悄地走向了天国世界。和老母亲谈起父亲时,她常常感叹:"你父亲一辈子没吃过一顿好饭,没穿过一件好衣,没享过一天清福,一生穷命,一世苦命。"

好多事情,当年轻时我无法懂得,当懂得时我已不再年轻。每当看到夕阳下踽踽独行的老人,心中便有一份对父亲的愧疚与思念。父亲的生命已化作另一种形式,走遍漫漫天涯路,望断遥遥海角处,总看不到父亲的身影,听不到父亲的笑声。我很想问问他,儿孙给他烧去的一摞摞纸钱是否收到?在天国世界中,是不是生活不再那么清苦,做事不再那么操劳?

(此文 2007.3.30 发表于《淄博日报》)

读者反馈

1. 在一个家庭中,很少有人会记得父亲,更不会记得父亲的点点滴滴。因为母爱太慈祥了,掩盖了严肃的父爱。作者用质朴的文字回忆了父亲的点滴生活,让人感动。"父亲的一生很普通、很平凡,普通得如漫天飞舞的雪花,平凡得如挂满枝头的绿叶,载着一路风尘,在人世间悄悄闪过。"简短的几句话概括父亲的为人:平凡、正直,从不给人添麻烦。即使远在天国,也同样牵挂、祝福,一路走好。

2. 此文感人肺腑,痛彻心扉。犹如欣赏朱自清先生的《背影》,蕴含无限的感慨和感动!读完此文让我更加珍惜现在幸福、美好的生活……

32个未接电话

儿子在2000多公里外的南方上学,每个周六都要打个电话问问一周的事情。

周六的中午,儿子打过电话,但因和妻在山上挖野菜,风大、信号弱,听不清,说好回家后再联系。

吃过晚饭,七点多,连续给儿子打了两遍电话,能通但没有接。以前也有这种情况,儿子戴着耳机听英语或者习惯了上课调到静音,平时也免不了忘记调回铃声,一次、两次听不见也常有。他过一会翻手机看见了就会打过来,因此我也没在意。

电视中没有喜欢的节目,便拿了两个靠背垫垫在沙发一头,斜靠着再读路遥的《平凡的世界》,等儿子的电话。

春节后,儿子宿舍中的舍友,一个去了德国,另一个是生物学院的,搬回了本学院的宿舍,宿舍中只有儿子一人,居住是清静了,但对儿子的安全不免有些担心。

妻子喜欢的电视节目已经开演。书,我也读了四章了,儿子的电话还没有打过来。再打儿子的电话,不知为啥,说儿子的移动号不在服务区。又打儿子的联通号,电话回复说:你好,你所拨打的用户暂时无法接听你的电话,机主已启用管家服务,你的来电信息,我们将会以短信的形式通知机主,感谢你的来电。

不在服务区、无法接通?周六,儿子与同学出去玩一玩也正常,等会儿看见电话或者短信,肯定就会打过来。于是,我就给儿子发了条短信:怎么不接电话,看到后迅速回电话。忙完这些,戴上花镜继续看书,妻子打着毛衣接着看闫妮演的"王大花"。

电视演完一集了,歪靠在沙发上一个多小时,再加上白天在山上转了一上午,感觉确实也有些累。我对妻说:"我去锁大门,睡了。"

妻说:"你先睡吧,再看一集我就过去。"

上床,脱下毛裤,盖好腿。刚要脱上衣,想起儿子还没打电话来,便拿起电话又给儿子打电话,不说不在服务区了,有了"嘟…嘟…嘟…"的声音,一听挺高兴。打了两遍,仍然没能接通,不免有些沮丧。想起前几天,妻子曾通过QQ和儿子通电话,想通过QQ联系一下儿子,因不太懂,捣鼓了老大一会也没行。一看手机上的时钟,还不到九点半,天还不晚。自己宽慰自己:儿子可能晚上补课,在静音上听不到。没接到儿子的电话,睡意也没那么浓了,又拿过书读。

《平凡的世界》一书上大学时就读过,因为路遥的描写与自己的生活经历很接近,所以很喜欢,参加工作后专门买了一套。这次再读原著,完全是因为看了几集电视剧,感觉编剧改动太多,而想重新体味三十年前路遥带给的情愫。

电视剧演完了,妻子来到卧室,看到我没睡,有些惊讶。

我对妻子说:"孩子没有接电话。"

妻子说:"中午你们不是联系过吗?"

"说是回家后再给他打的,打了十几次了就是不接。八点的时候联通号还无法接通,移动号不在服务区。"

"联通号早就不用了,移动号不可能不在服务区,你看,QQ上挂着手机呢。"妻打开手机,翻看着她QQ上的好友,确实儿子的手机挂在上面。

"你试试联系联系他,打一遍不通,打一遍不通,搞得人心里发慌。"

"你就是事多,他能有什么事,可能调在静音上听不见。"妻一边说一边开始打电话。

书也顾不得看了,趔着身子,眼直直地瞅着妻子打电话,一遍不接,又打了一遍还不接,用 QQ 联系,仍然联系不上。妻有点不自在了,但还自我安慰也像在劝我说:"可能在静音上,我给他在 QQ 留了言:'见信息马上回电话,甭管几点。'"

妻子的担心,并没有分担我的担心。我们俩谁也不说话了,关灯后,在黑夜中默默地苦想着能联系上儿子的方法。

淅淅沥沥的春雨,已经下了三四个小时,狗儿们早已躺到窝中安静地睡去了,只有屋檐滴下的雨滴敲打在阳光板上,发出"啪嗒、啪嗒"的声音,空气也变得沉重而阴冷了。

想了一圈,没有儿子同学的电话,更没法找到管宿舍的阿姨。认识的老师到外地筹建新的校区,有个远房表姐在儿子所在的城市,但到学校二三十公里,况且快十一点了,也不好意思打扰人家。

在黑夜中攥着手机,靠在床背上,冥思着手机能亮起来,铃声能响起来。等不到,就拨打儿子的手机,"嘟…嘟…嘟…"声混杂着窗外"啪嗒、啪嗒"的声响,敲打着心脏,像一只猫爪子抓在上面,恐慌和焦躁慢慢从胸中往上升腾。

前半夜怎么也睡不着。妻子时而翻来覆去,时而拿起手机翻翻看看,虽然都知道有电话、信息会亮灯或铃声,但我们谁也没有感觉这是无谓的多余。伴随着亮光的熄灭,妻子的阵阵叹息声,显得是那样的焦急而又无奈。

后半夜,瞌睡终于压住了无奈的等待。迷迷糊糊中听见了自己断断续续的鼾声。妻子轻轻地翻动,常常让我从瞌睡中跌入精神迷乱,恍惚中幻想着:儿子的同学去四川参加雅思考试,还能坐飞机去成都了？儿子想到汕头看看，还能去了解潮汕文化了？儿子喜欢走路时戴耳机听英语，还能不小心发生车祸了？这些都不是不接电话的理由，况且这七八个小时后，不管是什么情况总该有个音信。最糟糕的场景就是用电或者洗澡滑倒，发生重大意外，自己无法控制……不管怎样，明天早上接不到电话，就要麻烦远房表姐或自己直接坐飞机跑一趟。

阳光板上的"啪嗒"声渐渐稀疏，窗外的雨可能停了。妻子翻动手机发出的蓝光，引得起夜的大黄"图鲁"在院子中对着窗子狂吠不止，粗声大气的"汪、汪"声，在静谧的夜色中震耳欲聋，更让人焦躁不安。大黄"图鲁"在妻子的呵斥声中安静了。我们没有开灯，没有言语，但凭借对方粗重的喘息声，就知道两人的思想都凝结在千里之外的儿子身上。这缔结于俩人的生命，总是看得比自己更重要，一晚上的担心，没有父爱、母爱伟大的骄傲，更多的是伤感雨夜的漫长和等待的煎熬。

似睡非睡，似醒非醒，一直在初春的凄风冷雨中翻来覆去、渴望企盼。

5点17分，我的手机响了起来，抓过电话一看，真是儿子的电话，接通后传来儿子的懊悔声："爸爸，对不起。昨晚和一个同学吃饭，感冒了。吃了药后，不到七点就睡了，困得我，睡前看到我哥给我发的信息也没给他回。手机在静音上，一直睡到现在。打开手机一看有你和我妈打来的32个未接电话，就迅速给你们打过去。"

长夜的迷惘，终因儿子的电话，看到了春天窗外的光亮，一身的紧张卸下来，感觉真的很累。

我对儿子说："你没事就好，我们太累了，想睡一会。"

挂断电话，我安然入睡。

醒来时，已九点多，妻子什么时间起来的我也不知道。

来到厨房,妻子端着黄乎乎的丹参汤递给我说:"咱娘刚给你送来的,让我嘱咐你趁热先喝一碗。"八十多岁的母亲知道我血脂高,每年都要精挑细选后熬一锅丹参汤,送给我们喝。

喝着苦中带甜的丹参汤,一股酸楚涌上心头。年轻时,不理解老母亲的唠叨:宁愿给人家当儿女,不愿给人家当父母。一夜的无眠,让我想明白了很多、很多。

2015.4.18 草于稷下韩家

(此文 2015.10.29 发表于《淄博财经新报》)

读者反馈

有一种爱,迟了就无法再来;有一种情,走了就无法追溯,它就是亲情!从孩子的出生到上学到成年,一直是父母的牵挂。有家就有爱,有父母在就有对孩子的关怀,一个想得到平安的电话,却打了32遍,一夜难眠,无声的等待。也许孩子难以理解父母的牵挂,但是父母依旧用自己的方式关心他们。多年后等他们成家了,一切也会延续:亲情,是生命永恒动力!

老 屋

老家的房子,从我上大学时就没有进行过修葺。二十多年的风吹雨打,早已将它剥离得残垣断壁、破败不堪。

时间长了,喜欢抄近路的人,顺着院子的对角走出了一条小路,路的两边杂生了许多香椿树和乱草。陌生和荒凉让好多人早已经淡忘了它,只有我领着儿子,经过小路去大哥家看望母亲时,常常会驻足观望,寻找儿时的记忆和影像:父亲在披蓑扫雪,母亲在裹巾做饭,哥姐在数圈推磨……

有时,我会对儿子说:这是爸爸出生的地方,土中栽着爸爸的童年,树上挂满爸爸的欢乐。儿子常常诧异地看看我,又看看断壁杂草,说:"你住在哪?又吃啥?"

儿子全然不知我记忆中的土坯草房和那转不完的石磨,还有别人无法感知的温馨和快乐。

记得刚分到偏远农村工作时,相知的朋友离开我走了。捎信的朋友看到我愁苦万状,悄悄地对我说:"你想哭就哭,想闹就闹吧。"

我静静地说:"我不想哭,更不想闹,只想回老家看看。"

我骑着自行车,沿着田间崎岖的小路,曲折地回到老家,默默地坐在老磨旁的石凳上,与老屋沉寂,看枯叶飘落,听小虫哀鸣。

不知什么时候,母亲来到我身后,惊讶地问:"今天又不是星期天,你怎么回来了?你吃饭了吗?"

"噢……今天没课,到城里开会,就顺便回来看看。"我搪塞着母亲。

"是不是和谁闹矛盾了,你怎么……"

"怎么会呢,我刚参加工作,人人都是我的老师,我怎么会去和别人闹矛盾呢。只是走得急,感觉很累。"

"没有就好,没有就好。走,到后边歇歇去。"

跟在母亲的身后,行走在老家的小路上,愁绪在时间的流淌中慢慢淡化,坚韧和不屈在心中悄悄升腾。二十多年前的坚韧和不屈,一直支撑我到现在,并在向未来延伸。

去年,村里进行改造,院子前后都打成了水泥路,本来就低矮的院子,一下雨便变成了浅浅的小池塘。老母亲常常唠叨说:你看人家某某又回来盖房子,在外面的都回来盖上房子了,咱又不是没有地方。大哥也说:老院子荒着不好看,我给你照看着,还是回来盖个房子吧。

在城里安家后,过得虽不富裕,但回家盖房子的钱还是能凑齐。只是感觉城里的房子,位置不错,大小适宜,再盖房子也不等着住,所以一直也没有这个想法。我还在犹豫不决,妻子倒爽快答应,并从岳父家借来了不足的钱。大哥里里外外操持,母亲也拖着一条病腿,烧火做饭。很快四间瓦房在老家的位置上矗立,设计恰当合理,布局大方整齐。

院子里留下两片空地,一片挪栽了一棵石榴树,当年便结下了六个石榴。另一片妻子栽上了韭菜、地瓜、丝瓜和木耳菜,老杨同志还向别人给我要了一只小狗。一有空闲,我和妻便回家小住,出门见的是乡亲,坐下说的是乡音,交谈讲的是乡事,没有闹市的喧嚣,没有官场的虚浮,一切都那么亲切、自然、质朴、大方。

一日,月朗星稀,我和妻坐在院子里摇扇纳凉。突然,她对我说:

我跟了你二十年了,现在才有家的感觉。我问:我们从农村搬到城市,从一间小房七次搬家换成了三室两厅,你竟没有家的感觉?妻子坚定地说:是的,搬了七次家,从来没有现在这么踏实。

天空中,一架远航的飞机飞过,荧荧夜光越飞越远。我年少的心曾如那雄鹰,梦想翱翔晴空,但现在我知道了,不管我飞多高,走多远,我一生的根永远留在老家。

(此文2012年发于《淄博日报》)

读者反馈

家,一个多么亲切、温暖的词。一个院落,一堵围墙,四间瓦房,组成自己的家,远离城市的喧嚣,它可以为我们遮风挡雨,也可以安慰受伤的心灵,可以让心田倍受温暖。在这里,乡音、乡情、亲情伴随左右,是一份宁静,是一份享受,是一生的幸福。真正的秘密,一定是掩藏在每个人心中挥之不去的"根"。

回家过年

二十二年前，妻子的预产期是腊月二十四。本打算年二十四五妻子生育，年前出院，正好回家陪着母亲过年。可到医院一查，医生说还早，还得等等。

回到乡下学校的家中等，二十多里路，过路的公交车一天一趟，白天还好说，晚上都放假了，若是有个特殊情况，一点办法也没有。想来想去，还是和医生说了说，住下等吧。

等到年二十八，铅灰色的天空中，乌云密布，继而听见狂风呼呼地吹，鹅毛般的大雪纷纷扬扬地飘落下来，落在路上、房上、角落中。妻子有了感觉，打了催生针后，阵痛越来越近，越来越长，翻来滚去，爬上爬下，妻子经受了二十二个小时的折磨，伴随着狂风吹得窗户发出"砰砰砰"的声响，我也彻底崩溃了。

忘记了初为人父的欣喜，忘记了妻子产后的孱弱，忘记了母亲在家中的孤独期盼，忘记了……只是在医生的吆喝下：3床，抱孩子，我就抱孩子。3床，倒垃圾，我就倒垃圾……

等听到窗外一阵紧似一阵的爆竹声传来，我这才从梦游般的恍惚中惊醒，今天是除夕，明天要过年。此时，要回家陪母亲过年是不可能了，但总要把喜讯报给她，让她在孤寂中分享新春的快乐。

风雪阻断了公交车，无车可坐；推自行车可以回去，可来回大半天的时间，为了一个喜讯撇下产后还挂着吊瓶的妻子也不行；学校只有一部电话,在校长室,放假也没人值班,况且满街上我也找不到打电话的地方。从乡下到县城,二十多里路,一场风雪分隔三代两地,独守焦虑和等待。

　　大年初一的午后,我给妻子打饭回来,看到学生郭勇坐在妻子床旁,很是惊喜。忙问他怎么知道的,如何来的?他说初一早上去给我拜年,只有老母亲在家,说我们出来四五天了,不知道孩子生了没?找也没处找,问也没处问,急得不得了。郭勇听后,推着自行车走了二十多里路,找了好半天才找到我们。

　　听后,愧疚和无奈在心中升腾。我和郭勇说,你还得去跑一趟,告诉我母亲妻子平安,让她安心过年。

　　送走学生,我纠结的心终于得到了释放。我知道虽未能相伴回家过年,但小孙子到来的喜讯定能让母亲的担心得到平复,焦虑得到松缓,这还能抵御风雪的严寒。

　　儿子大一点后,我也调到城里工作,并安了家。每当过年,先是提前一天回家,怎奈家里要准备被褥,很不方便。后来又改为初一早上骑自行车回家过年,儿子前面,妻子后面。虽凛凛寒风,我骑得满头大汗。坐车子的儿子却冻得手麻脚疼,常常骑一段,儿子主动要求下来跑一段。回家过年的欣喜,总让人忘记严寒的煎熬。

　　寒来暑往,是非更迭。职位高了,房子换了,车子买了,无论刮风下雪,十分钟就能回到老家。头发白了,年岁高了,回家过年的欣喜和热情却与日俱增。

　　前几日,儿子打电话说,过了春节马上考试,来回要浪费一周的时间,考完试有大量的时间可以回家,问今年能不能不回家过年?儿子为了学习,我没话可讲,但一家人分隔在两千里之外的两地过年,确实让我和妻子不好接受。考虑再三,我和儿子说,你奶奶近九十了,天天念叨你什么时间回来过年?不回来,她一年过不安心。再说学习靠的是专注度，不一定光靠时间。

春运票紧张，但临近春节的好买，于是，就和儿子商量买了除夕的车票，年初三的返程票。虽是紧张，但全家人回家过年的愿望如愿了。

除夕的夜晚，华灯初上。我站在站台上，遥望高低错落的楼宇，上上下下的窗透出温暖而又明亮的光，一扇窗，一束光，一个家，一片情，沐浴在这光中的是千家的幸福、万户的祥和。

接上儿子，在流光溢彩的街上穿行，缤纷的礼花绽放出绚丽的色彩。凝望来来往往的人群，我知道我和满街的行者一样，已卸去了一年的焦躁和疲惫，满载着幸福和快乐，在满车回荡的韩庚《回家过年》乐曲中，奔向家乡。

过年回家，我们回家，今晚就要到家，
无论路途千里万里，归心似箭啊。
过年回家，我们回家，家在声声呼唤，
声声呼唤召唤着我快一些回家。
……

（此文2016年发表于《散文选刊》第七期）

读者反馈

家是什么？不同的人有不同的理解。家不仅仅是一个院子，一幢房子，它是我们每个人心灵的驿站，是我们心中的牵挂，不管距离多么遥远，因为有家而心中坦然。作者以"回家过年"为线索，回忆在不同境遇中的不同心境，不管是过去的贫穷也好，还是今天的富裕也罢。我们身份发生如何变化，不变的是我们要常回家看看，那有我们永恒的亲情。

送人玫瑰　手留余香

中秋节前，学生韩乐打电话告诉我：今年中秋节的晚餐他订在了齐都酒店，要我叫上家人一起坐坐。因为每年都坐，我愉快地答应了他。

二十年前，我大学毕业分配到淮阳的一所村办中学教两个班的语文课、当班主任，浓眉大眼的韩乐就在我们班。全是民办教师的乡村中学来了个大学生，霎时传遍了四里八乡。走在村里的街上，老实巴交的村民常指指点点，投来羡慕的目光。在学校我除了教好语文课外，还要辅导其他老师上数学、物理，再加上生性谦虚和蔼、从不张狂，因此，我的人缘校内校外特别好。

晚上，只有我自己住在学校。好多学生怕我寂寞，常常来学校陪我说话。韩乐虽然来得最早、走得最晚，但总是坐在僻静的地方，听别人说话。如果不是有人问他，从不插言，这个小孩给我的印象是寡言少语、很内向，脑子挺聪明但学习一般。

听别的同学说，韩乐的爸爸喜欢喝酒，隔三岔五喝醉了就打韩乐的妈妈，闹得鸡犬不宁，邻舍不安，街坊邻居劝架都劝够了。我也到韩乐家劝过，但总是当时很好，过后就忘。

那年中秋节的晚上，我已经睡下了。一阵哭叫声把我惊醒，我起来一看是韩乐站在门口。我问怎么了？韩乐说：爸爸又喝醉了，正在和妈妈打架。我急忙穿好衣服，向韩乐家跑去。

进门一看，韩乐爸爸手拿木棍正追打东躲西闪的韩乐妈妈。我快步跨上台阶，挡在韩乐妈妈面前。理智不清的韩乐爸爸，没有听见我的吆喝，一棍子打在了我的左肩上，一个趔趄，失去平衡的我从两米多高的台阶上滚了下来，顿时头破血流，磕出了一个三四厘米长的血口子。赶来的村民，把我送到村里的卫生室，不能包扎，十几个人在村支书的带领下，拉着地排车把我送到几十里路外的乡医院，缝了六七针……

刚来的新老师被打了。当晚，气愤的村民把韩乐爸爸捆到了派出所。公安到医院调查时，我坚持说是自己没站好跌下来的，没人打我。公安见我坚持，只好草草结案。

第二天下午，泪流满面的韩乐爸爸给我背着大包小包，用自行车把我带回了学校。从此，我便成了韩乐家的常客，有时帮他们干点农活，有时凑在一起拉拉家常。秋后，我买了本食用菌种植技术的书，指导着他们种起了蘑菇，忙起来的韩乐爸爸再也没时间打老婆骂孩子。偶尔，我们俩也小酌一杯，但他再也没有喝醉过。聪明懂事的韩乐，学习更加努力，成绩直线上升，第二年竟考上了电力中专，毕业后被分配到发电厂工作。

后来，村办联中撤并，我也考上在职进修学校，离开了村民和韩乐爸爸。再上学，再工作，在城里娶妻安家，里里外外，忙忙碌碌，但我们的交往一直没有中断。新收的玉米、刚刨的地瓜，韩乐爸爸总是最先送到我家，让我们尝鲜。1999年中秋节前，韩乐爸爸又送来了新鲜的小米、黄豆，恰遇我出发外地，未能见面。谁料，在回去的路上，韩乐爸爸遭遇交通事故，匆匆地离开了我们。听说后，妻儿泪水涟涟，让我全家好是悲痛。

中秋节的夜晚，皓月当空，繁星闪烁，一首《难忘今宵》的音乐在酒香中反复播放，轻轻荡漾。

我、韩乐及全家围坐在一起,举杯欢笑。我问:你妈妈身体还好吗?韩乐说:妈妈身体很好。只是习惯了农村生活,在城里总是住不惯。在老家鸡鸭养了一大群,从早到晚忙个不停。今天回去看她,还在一遍遍唠叨:张老师是好人,好人总有好报!

听后,我很欣慰,也很惭愧!

(此文2006.11.17发表于《淄博日报》)

读者反馈

一位教师最大的魅力不仅是传授给学生知识,更重要的是用自己的真诚去帮助学生。家长本不在教师教育的职责范围,而作者却用心与之交流,用情去改变一个家庭,值得敬佩。"滴水之恩,涌泉相报""衔环结草,以恩报德",多年后,学生仍不忘老师的教诲,这也难能可贵。"送人玫瑰,手留余香"是我们每个人都应该学习的。

杀 鸡

自己生来就胆小,鸟、鱼、虫类从来都不敢去摸一下,就连常见的老鼠,见了也不敢喊,更不敢去打。

一日,岳母从集上买来一只大公鸡,要给产后的妻子补养身子,这可难坏了我。没法,只好拿了盒石林,去找楼下老王。老王倒也热情,不但杀了鸡,还教我杀鸡的方法:掐嘴、别翅、锯脖子,淌血即可。

又过几日,自己心血来潮,想买只鸡一试。买来后,叫上妻助阵,照老王的说法,掐嘴、别翅,右手提刀,闭上眼睛,抖抖地"瞎杀"。忽听,妻大叫"淌血了"。睁眼,抬手,很自豪地把鸡一扔,鸡打了一个滚,跳起来,摇摇头,晃晃脑,"咯嗒,咯嗒"叫了两声,撒着欢跑了。正吃惊,忽觉得自己的左手火辣辣地疼。细看,左手割了道大口子,正淌着血。原来,刚才情急之中,刀划到了手背上。第二次逮着鸡后,只好一刀剁下鸡头,去毛,下锅,手疼得厉害,鸡——吃得无滋无味,但在妻面前落下了笑柄。

从此,再也不提杀鸡,每逢闻到从邻居家飘来的鸡汤香味,也只好咂舌作罢。

今年八月十五,自己的论文在省里获奖。恰巧,妻的单位又每人分了一只大公鸡,妻便要用鸡庆贺一下。出了门,看到老王提着鸡出来,掐嘴、别翅、锯脖子。一连串的动作从从容容,麻利干脆,手上也不免痒痒。于是,拿出鸡,提起刀。妻还助阵,儿子在一旁吆喝着:"杀鸡了,杀鸡了"。我先默念一遍老王杀鸡的方法,头不扭,眼不眨,瞄着哆哆嗦嗦的刀蹭到鸡脖子上,一咬牙,一狠心,来回锯了两下。鸡,脖子一伸,毛一竖,腿一蹬,便淌了血。扔到一边,蹦了两蹦,扑棱了几下,也就无声无息了。然后,去毛,下锅,清水炖鸡,吃得也别有风味,鸡肉、鸡汤全都不剩。

事后想来,杀鸡竟是如此简单,害怕都是自己吓唬自己。

(1994年7月发表于《淄博晚报》)

读者反馈

作者记录了自己两次杀鸡的经历,细腻而深刻,不同的经历,不同的理解,生活中的许多琐事都能体现生活的哲理,生活里没有做不到的事,事在人为。使人成熟的是经历,而不是岁月。正如鲁迅所言,其实地上本没有路,走的人多了,就成了路。

亲情相伴

十三年前,侄子在湖北上学,毕业的手续需我去帮着办理。早早起床,提着行装准备出门时,在客厅小床上睡觉的儿子突然坐起来,揉着眼对我说:"爸爸,我已经把我的护身符给你放到包里了,奶奶说带着她保平安呢。"

我停下脚,拉开偏兜,果然,一尊玉观音安静地躺在兜底,不知道儿子何时放下的。我摸摸儿子的头,亲亲那胖乎乎、黑黝黝的脸蛋,瞬时,眼眶中浸满了泪水。虽然对只有七八岁的儿子,我说不出一个"谢"字,但一种温馨和快乐十几年间一直伴随我。

前天晚上,儿子从南方打来电话说:"爸,上网看到,这几天北方要降温,你和妈要穿得厚一点,别感冒了。我这边天气还热,你们放心吧。"

电话中,仍然和儿子说不出那个"谢"字,但丝丝暖意还是涌上心头。

妻子问我:"孩子有事吗?"

我对妻子说:"儿子长大了。"

这十几年,常常感觉亲情如水,清澈见底,虽有时相隔千里之外,但刀断终存。十几年的时间,催生儿子从顽皮、任性走向慎思、成熟,父子之情也在一封封嘱托的家书和一个个祝福的电话中渗透、凝练。

早上起床,小狗花花冲着大门时而两腿站立,狂吠两声,时而摇摆着身子,吱吱地转来转去,我知道一定是家里人过来了。打开门一看,果然是八十多岁的老母亲站在门外,左手拄着拐杖,右手提个塑料桶,装满了黄褐色的汁汤,清晨的微微秋风吹拂着老母亲花白的青丝。

"我正在想你们是不是还没起来,刚要回去。这是刚熬的丹参汤,放到冰箱里。累的时候,你就喝上一杯。"母亲把塑料桶递到我手中,还不停地嘱咐我:"放到冰箱里,可要想着喝呀!"

从上班开始,每年初秋就容易感冒,感冒不好就发展成气管炎,进而形成哮喘,不停的咳嗽常常伴随我整个冬天。前几年,老母亲听说喝丹参汤可以帮助疏通血管,防治感冒。虽是偏方,但却很有疗效。于是,每当初秋,母亲便让山里的表妹买来成捆的丹参,择洗干净,配上蜂蜜、大枣等原料,用大锅烧柴草熬制。

我手提小桶,问:"进来坐坐吗?"

"我不进去了。刚熬完,还要给你二哥、三嫂送呢。"老母亲边说边拄着拐杖,步履蹒跚地走去。

雨果说:慈母的胳膊是慈爱构成的,孩子睡在里面怎能不甜?有时,我感觉母爱如火,冬天送来温暖,黑夜带来光明。母爱荡漾,让我虽年近半百,却永葆青春的生机和活力。

大哥过来说:"你三哥可能又犯过病,这几天脸色不太好。"

我还在上高中时,三哥晚上去推沙子,被从后边开来的汽车撞倒,小胳膊粗的木车柄打到头上,断成了两节。由于当时的医疗条件不行,在医院一直昏迷了十几天查不出原因,母亲连他的后事都做了准备。

医生说:"估计是大脑出血,因自身不能吸收,唯一的希望是做开颅手术,风险很大,最乐观的预测也要全身瘫痪。"

当三哥被推进手术室时,想到三哥瞬时可能从我们身边逝去,我抱头痛哭。这时,大哥哭着对我说:"四弟,不要哭了,只要你三哥活着,即使瘫了,不是还有我们弟兄三个吗?你不是还有三个侄子吗?有我们吃的,保准不会让你三哥掉到地上。"

好在,好人终有好报。三哥没有逝去,只是落下了个癫痫的毛病,还成了家,有了儿孙。不过他的癫痫病,虽是几年中偶尔犯过,但时常成为我们弟兄的牵挂。

很小就失去父亲的我,一路和母亲相伴,在兄长们的帮扶下上学、工作,直至结婚、生子,始终认为兄情如树,"头顶一个天,脚踏一方土,风雨中你昂起头,冰雪压不服……欢乐你不笑,痛苦你不哭,撒给大地多少绿荫,那是爱的音符"。

晚上学生到校,我去转一转教室和办公室。同事小王正在收拾开学所需的资料,小王比我稍小点,性情中人,说话干脆,办事麻利,我们碰面时经常说话畅谈。谈到人与人之间的关系时,小王对我说:夫妻之情,一开始可能是爱情,但一旦组成了家庭,有了孩子,爱情已经荡然无存,更多的是由孩子维系的一种亲情。细细品味小王的话语,朴实中显露哲理。

每天推着自行车开门上班,妻子总是跟在身后重复着同一句话:"路上慢点哎。"等到我"嗯"一声,她才放心回头。不然她就会提高嗓门再补一句:"路上慢一点呀……"。这句话,妻子重复了二十多年,她没厌倦,我没心烦。每每听到,便真切地感受到身后家的温馨和牵挂。

时间,冲淡了我和妻子相拥的激情;春光,凝结了我和妻子相融之真挚。偶尔因不同想法的争吵,自是生活中必不可少的佐料,有时电话中的大声呵斥,也让周围的人惊讶异常,但更多的是她主内、我在外,育子孝母、干事结友,大事相通、小事相知的和谐。这可能就是所说的妻(夫)情如酒,你中有我,我中有你,越酿越醇,越陈越香。

亲情洋溢，爱心相拥。我幸福了，他们高兴；他们幸福了，我高兴；大家幸福了，都高兴。母亲的呵护、哥哥的问候、妻子的牵挂、儿子的祝福，让我觉得：今天明天都是好日子。

（此文于2015年7月发表于《淄博日报》）

读者反馈

1. 用一双善于观察、善于发现的眼睛来看世界，会发现原来我们的生活竟如此美好！处处都充满了爱——亲子之爱、手足之情、夫妻间看似平淡中的你侬我侬、友谊之爱——感恩的心，幸福相伴，处处都是爱！萨提亚说，送给孩子最好的礼物是和谐的家庭和幸福的婚姻。你做得很好！海灵格说，女人是跟随男人的，男人是为女人服务的。你堪称典范！亲情相伴，祝福相伴！珍惜生命中的每一个人。活在当下，当下最美好！祝福你！

2. 在无助的人生路上，亲情是最持久的动力，给予我们无私的帮助和依靠；在最寂寞的情感路上，亲情是最真诚的陪伴，让我们感受到无比的温馨和安慰；面对失败和挫折，亲情是一剂良药，填补你那失落的心，然后重整旗鼓，这是一种勇气；面对误解和仇恨，亲情是一杯凉水，浇灭你那心头的怒火，然后坦然面对。

洗澡（上）

二十世纪七十年代中期，懵懵懂懂的我刚上小学，在放寒假大会上，稀里糊涂地从贫管会主任手中得了一张奖状。

也许是作为一种奖赏，母亲让三哥第二天带我去小城洗澡。

那个年代，冬天去澡堂洗澡绝对是件奢侈的事。不只因钱的金贵，更重要的是小城就一个澡堂，里面是个什么样子，怎么洗，对我来说充满好奇和幻想。

第二天一大早，在满是洗澡的梦境中被三哥叫起，简单吃了点早饭，约上三哥的几个玩伴，天不亮就往县城跑去。

家离县城十几里路，跑到小城也得个数小时，不用说洗澡，就是进趟城，对我来说也是件特别新鲜有趣的事。

小城只有一条马路，从东往西，依次排着蔬菜公司、人民照相馆、人民澡堂和红旗饭店，都是宽一点的平房。

太阳从东南方露出红彤彤的笑脸时，我们跑到了人民澡堂。进门一看，三间屋内洗澡的人已挤得满满的。三哥及大一点的伙伴把我和几个小的伙伴安排到空一点的角落，然后挤着说去买票。我们几个蹲在角落，抬头眼巴巴望着挤来挤去的人头，耳朵里充满了嘈嘈杂杂的喊叫声。

票买回来了，一张纸分钱状油印白色小纸。我翻看着小白纸条，上面的字我一个也不认识。我正好奇于这张小纸片的功效时，三哥提醒我拿好票,丢了就进不去。于是,我就团了团纸片,攥在了手心。

三哥和几个大一点的商量,一起进肯定挤不进去,挤散了,丢一个,更是麻烦。为了安全起见,只好等等,人少点了一起进去。我们蹲在屋的西北角,抬头望见的只有两面白色的墙和伸长脖颈向东南翘望的脑袋。

等了半天,也没看见进澡堂的门,更看不见人进人出,人是少了点,但还是满满一屋。三哥和几个大一点的已经挤进挤出好几次,出来时都是摇摇头,一看便知进不去。

过了晌午,三哥和伙伴们一看等是不行了,用手指了指东南方向,就对我们几个小的说,你们在前见缝就往前钻,我们在后面护着。于是,我们一起往前挤,先是看见了一扇窗,窗的下面是一个龛,龛上有个小门,只容一个人的手伸进伸出,三哥告诉我这是卖票的地方。再往前挤就是两扇门,门上挂了两条黄色的棉被,棉被的缝隙里向外飘着热气,三哥告诉我这是澡堂的门,进去就能洗澡。

我们立在门的两旁,等着里面的人出来,拿票、进屋、洗澡。偶尔,有个人出来,就会有个瘸腿的中年男人出来收票,让一个人进去。不排队、也不叫号,瘸腿男人愿意让谁进就谁进。虽然,三哥几次把我推到瘸腿男人面前,但他仿佛没看见我一样,推开我领着大人进去了。

有一次,三哥把我们几个小的推进了门里,让我们在门里等。进门一看,门内是条走廊,走廊的北边分隔了一间间的小屋,里面正好有人光着身子穿衣服。还没看到南面是什么,瘸腿男就端着一个白色瓷杯跑了出来,呵斥着:"小孩,没有空位,出去等着,再进来把你们送到公安局。"

偷偷进来,本来就忐忑不安的我们,让他一吓,乖乖地跑了出来,继续等。等来等去,进去的寥寥无几,剩下的依然是人山人海。再等下去，一来难以洗上，二来还有十几里路，天黑了我们也不敢走夜路，再说早上吃饭早，肚子里早已叽里咕噜的，商量了商量只好拿着不给退的纸片往回走。

回去的路上，攥着已经软软乎乎的纸片，我和三哥讨论澡堂的样子。三哥告诉我走廊南边的门里有个大池子，进去的人就在大池子里洗澡。

"一个水泥大池子，温开的水荡来荡去，上面热气腾腾。"三哥的描述成为我对澡堂子的最早印象。

第一次进城，来回跑了近三十里路，饿了一天，花了两角钱去洗澡，最后连澡堂什么样子也没看见。我们的经历，成为这一年全家人最具趣味的笑料。

2016. 2

读者反馈

读完这篇文章，心中不禁一颤，在艰苦的日子里，上趟城洗个澡就是一件好事。回忆是一柱檀香，漫不经心地点燃，无声无息地燃烧。香尽，烟消，灰飞灭，梦魂香。虽然生活苦，但能苦中作乐，这是人生的境界。记起这样一句话：拥有回忆，人生才得以丰润，岁月才满溢诗情。耽于回忆，青春却难免苍白，木人石心亦伤怀。让我们一起捡拾美丽的贝壳，在不经意间收获幸福。

洗澡（中）

上小学三四年级时，三哥告诉我发电厂上面的火电一处，有澡堂，星期天下午，农村的孩子也能随便去洗。

于是，星期天中午就跟着三哥约上刚哥等十几个伙伴，一起向八九里路外的电厂跑去。

发电厂建在山坡上，再向上就是火电一处。两个厂子中间是一条较宽敞的马路，一边是依山砌的石头墙，一边是砖垒的四五米高的红墙。沿着马路向西，走到路的中央，再往西是发电厂的大铁门，里面是高入云天的两个大烟囱和凉水塔，向北是条马路通向生活区，路的左边是个食堂，右边是个小广场。向南十五六级台阶，有个小平台，再向上又是十五六级台阶，就是条沙石路，路的右边是半墙，半墙的北头订着一块黄色的四方牌匾，呈弧形排着一行黑体字：山东省火电一处。

沿着沙石路往南走，不远的路西就是澡堂。我们来得早，澡堂要等到下午一点多才开门。冬日的暖阳下，我们或蹲或站，或玩或闹，在嘻嘻笑笑中期盼、等待。

有人从里面打开了门，等待的孩子们蜂拥而上，我紧紧攥着三哥的衣角挤进澡堂。澡堂是免费的，看澡堂的人开完门就不见了踪影。澡堂内没有分隔的小屋，东西排放着七八条长椅，椅子上堆满了先来者的棉衣、棉裤，我们也是脱下衣裤继续摞上去。

西边门上挂着一条棕色皮门帘，掀开门帘，里面雾气腾腾，朦胧中看见有一大一小两个水泥池子，地面上是荡出的或急或缓的温水，只是从屋顶掉下的水珠，滴到身上，冷不丁让人一颤。我围着池子来来回回转，找找能钻进去的空隙。

三哥勉强给我闪了个地方，钻进去，先是站立，往身上撩撩水，慢慢蹲下身子，把头伸进水中。除了开始的胸闷外，从脚往上，先是热烫、麻木，继而松软、舒展。我大多数时间是蹲着，半浮在水中，只露出傻呆呆的小脑袋，笑嘻嘻地望着拥来拥去的人们。等到人少时，在其他人的怒目中，学个狗刨是最惬乎人心的趣事。池子中除了人的嘈杂声，再就是东北角一根布满白色水垢的粗铁管发出的有节奏的"嗒、嗒"声。三哥告诉我，那个地方进热气，不能过去。

在那个大人洗脸搓豆腐的年代，肥皂对大家都是奢侈品。我们十几个人最多拿一两条毛巾，相互帮衬着搓搓陈年老灰，没有肥皂，洗一下午，池底四周堆了一层薄薄白灰，水依然清澈见底。

快活归快活，时不时还要跑到放棉衣的地方，看看棉袄、棉裤、袜子和棉鞋还在不在？我知道少了这四件中的一件，不单单是无法回家，倍受责骂，更重要的是一个冬天要受冷挨冻。在那个缺衣少食的年代，人心还是纯真清白的，可能拿错，"偷"还是少之又少的事情，时不时去望望，为的就是放心。

洗完澡，带着满身的轻松愉悦，又说又笑地往回走。

走到槐行村南边的乌河桥上，大家停下来，商量怎么过槐行村。槐行村是我们回家必走的路，村里有个姓丁的孩子，四村八邻的好打架，因为长头发，我们都叫他"长毛贼"。上午，我们去时，村里的小孩知道我们去洗澡，这个时候过去，长毛贼肯定等着我们。靠到傍黑，也没有好办法，只好硬着头皮往前走。

走到槐行村南边的场院，看见几个年轻人在打篮球，心呼呼乱跳，但没有一个说话的。快要走过篮球场时，从场棚里蹿出三四个孩子，为首的正是长毛贼。手里拿根二尺长的木棍，大声吆喝着，让我们停下，等我惊醒过来，长毛贼已挡在我们面前。

长毛贼虽是无赖，但冤有头债有主，他指着刚哥说："就是他，那天去他庄看电影，打了我，今天必须还过来。"

眼看刚哥就要挨打，这时，打篮球的一个大哥哥跑过来，一把夺下长毛贼的木棍，扔出了好远，然后把长毛贼双手扭到后面，带着博山人的腔调说："伙，你还要劫道打人呢，能煞你哩。"一听便知，大哥哥是博山来的下乡知识青年。

"我看着他，你们快走。"大哥哥对我们说。

我们快步走起来，怕让别的人起疑心，在村里万万不敢跑。

走到槐行村北头，马上要出村了。后面又传来了吆喝声："停下、停下……"

我们回头一看，长毛贼又撵了过来，跑到跟前，对着刚哥就是两个耳光，并踹了一脚，一边打一边嚷嚷："叫你跑，叫你跑。"

他们只有三个人，我们十几个，无奈就在他们村里，怕惹更大的麻烦，我们也不敢动手，愣头愣脑的刚哥白白让他打了一顿。

除了三哥帮刚哥拍拍踹到身上的土外，我们十几个人，一言不发，悄悄地回了家。

即使如此，我们仍半月、二十天去洗一次澡。长毛贼常常拿着木棍像狼狗一样恶狠狠地监视着我们从槐行村的北走到南，从南走到北。我们心中虽充满惊慌和害怕，但不招惹他，他也就只是在村中耍耍威风罢了。

2016.2

读者反馈

1. 人民公社年代的泡温泉,更有一番滋味和期盼!

那个年代的男孩子以村为单位,帮派、群架、地头蛇的原始雏形吗?从他们村里过,还要留下买路钱,这是真的吗?但比现在的孩子整天窝在楼上,放了假只是换个地点继续做作业幸福多了啊!

2. 曾经,我们走过了多样的青春,在青葱岁月中流失了属于我们的童年:跟随哥哥去洗澡,回来还要躲着"长毛贼"的麻烦。现在回忆起来发生的事情或许有些不可思议,但在那个年代里能洗澡也许就是奢求吧。作家刘墉说:"成长是一种美丽的痛。"每个人的人生都是一个故事,每一个人的故事都是独一无二的,时过境迁,留在脑海中就是美丽的财富吧。

洗澡（下）

上中学、上大学、工作，附近工厂都有澡堂对外开放。在城中安家，生活区内就有澡堂，再后来家中安上了太阳能，随时可以用热水洗澡，没有花费、没有拥挤、没有恐吓，只有安逸和舒适。

世纪之初，工作十几年的我在区局科室任职。新任领导要把我调到乡镇工作，因当时在乡镇干得最好的同志才能调到我时任的职务，所以当时有些想不通。找到原来老领导诉苦，老领导也劝我说："小张，你有能力，到基层干几年，有了底下经验，更便于发展。"于是，带着情绪和不满，服从组织安排去了乡镇。

刚开始，不熟悉工作，本身又一百个不情愿，所以工作上有点当和尚撞钟。恰巧同学开了个洗浴中心，送了一张洗浴卡，于是把洗澡作为一种发泄和消遣。来了朋友洗澡、接待领导洗澡、自己没事洗澡，每周洗三四次。

去的时间长了，认识了搓澡工老黄。老黄是安徽界首人，瘦高个，尖下巴，两边锁骨凸出，根根肋骨清晰可辨，虽四十多岁，但已满脸横七竖八的皱纹，饱含沧桑。听说我教过学，老黄和我说，他有一对儿女，都学习很好，大的在上海上大学，小的在市一中考第一，言语间透露着自豪和得意。

有一次，去洗澡时，老黄告诉我，他明天要回老家，不再干这事了。我问：为什么？他说他原来经营面粉，底下有二三十个工人，可惜被一个河南人骗了几十吨面粉,欠了乡亲邻里一屁股债。出来这一年多,一方面躲躲债,清静清静;另一方面挣两个钱,多少的还点账;更重要的是出来抬高眼光,找找商机,费尽心思地想东山再起。

他回去就是想开个洗浴中心,打个翻身仗。

最后,老黄对我说:"张老师,我琢磨人这一生,不怕别人说咱不行,就怕自己没志气、没毅力。"

我躺在搓澡床上,回味着老黄的话,心想:别人永远证明不了自己行还是不行,只能靠自己。

"注意,我给你冲一冲"。老黄几瓢温水泼到我身上,搓下的灰白条随着水流淌到地上,霎时不见了踪影,顿时,我感到了从头到脚的轻松。

和老黄道别后,正穿着衣服,收到了一条信息,打开手机一看,是要好的朋友发过来的。

"打开你的手掌,你会发现布满了生命线、感情线、事业线、健康线等,有宽有窄,有长有短。当你握紧拳头举起来后,你会发现你的生命、事业、感情和健康全都掌握在自己手中。"

握着手机,我暗暗下定了决心。

在乡镇工作四年中,两项工作成为山东省的典范,多项评比连获第一。在领导的厚爱下,也第一个从乡镇调到区局更重要的位置,充分感受到了"有工作,才有地位"的真谛。

现在,我每年年前,还去洗浴中心洗一次澡。享受大池子中的浸泡舒展,享受桑拿房中的大汗淋漓,享受搓床上的除尘去垢。

每当此时,我便会想起安徽老黄。

2016.2

读者反馈

1. 到基层去磨炼,不亚于到海外去镀金。有了实践经验,就不会纸上谈兵,也不会被下属欺骗。作为一名领导,什么都懂,才会承担起更重要的工作。竹子根多年的积淀是为了有朝一日的拔节。根基越深,大厦越高。这几天我在读《富兰克林自传》,富兰克林是个通才,他年轻时的磨炼造就了他未来的辉煌。在基层能干好,到上层工作底气会足。

2. "别人再好,也是别人。自己再不堪,也是自己,独一无二的自己。只要努力去做最好自己,一生足矣。"这是一位领导送给下属的一句话。文中的作者由当初的不满到认真工作到最后的理解,无疑是自己的成长。文中的老黄也是我们学习的榜样,不屈服命运,做最好的自己。成长就是希望编织的彩带,串联回忆和向往。经历就是财富,生活中有太多的不如意,我们改变不了别人,我们就改变自己,换个角度,换个想法,也许会别有洞天。

雨 花

走出齐国历史博物馆,还沉浸在对古齐文明盛世的遐想之中。天,却着实让我不安起来。刚才还骄阳似火,炙热难耐;短短一个小时,却已是阴云密布,灰蒙蒙一片,大个的雨点"吧嗒、吧嗒"地砸在水泥路面上。

我赶紧跑入车内,雨便似断了线的珍珠,哗哗地下了起来。

"关死车门,等雨小点后再走。"司机老王说道。

我看了看车上,人都满了,便"啪"的一声关上了车门。

窗外的雨在哗哗地下着,刚才走过的路面,形成了洼,淌成了河,车窗上挂满了无数的小瀑布。

咚咚咚,"开门,快开门。"门外响起了急促的砸门声。我向下一看,一个姑娘,红色衬衫已经被雨水打湿,粘在身上。头发披散开了,一缕一缕地贴在脸上,圆圆的脸颊上,顺着披散的头发向下滚着晶莹的雨花。

"又是搭车的,真烦人,没座了,别开门。"身旁的小赵说道。

我身体向座背上斜靠,把头扭向左前方,若无其事地向窗外的远方望去。

咚咚,咚咚咚,"快开门!"外面的砸门声更急了,我转回身子,看了她一眼。姑娘一手举着紧握的拳头,一手摇晃着一个黑色的小包,眼中滚动着晶莹的泪花,生气地撅着嘴,带起唇边那颗黑色的痣。

噢,我想起来了。刚才,在博物馆内我想偷拍一张齐国刀币全品图,就是被她发现了。她还严厉地瞪着我说:

"这里不许拍照,你没看见吗?再照就没收你的相机。"

"哼,你也有今天。"我暗自高兴,用脚把门蹬得更紧了。

"把门给她打开,让她上来挤一挤。"司机老王说。

我打开了车门,她没有上车,只是把晃动的包扔在了我的怀中。生气地说道:"谁搭你的臭车,给你包。"

声音哽咽,带着哭腔,脸上滚下的不知是泪花,还是雨珠,但却发出晶莹的光。她转过身,消失在瓢泼大雨中。

啊,是我的包,刚才偷着照相时放在地上了,里面还有钱、身份证。匆忙打开一看,钱物都在。

我抬起头,望着姑娘远去的方向,心中又苦又涩,说不出一句话。

窗外,瓢泼大雨还在哗哗地下着,流淌的水面上激起了一层层晶莹的雨花。

1992.11 发于《校园文化报》并收于《青年作家作品精选》

读者反馈

卢梭曾说过,我一向认为,只有把善付诸行动才称得上是美的。此文采用欲扬先抑的手法,用"雨"开头,人的心情随之低落,用"雨"做结,人的心情随之发生改变——美无处不在,只是缺乏发现的眼睛。文中的姑娘是一位忠于职守的人,为工作尽职尽责,在作者的笔下也熠熠生辉,值得学习。

白衬衣

今天，全区要在学校召开现场会，又正好轮到我值班。

早上五点起床，我就想：今天开全区的现场会，按以往的惯例应该统一服装，怎么办公室没统一要求呢？

蓝条竖杠的衬衣是昨天换的，刚刚穿过一天。深春天气本来就没多少汗，现在穿衣比以往又爱惜许多，再穿一两天肯定也没问题。正在犹豫换不换白衬衣时，妻子说："你找什么，衬衣不是昨天刚换的吗？只知道作摆，又不收拾。穿一天就洗，穿不坏，也洗烂了。"

学校没有统一要求，穿不穿白衬衣也就无所谓了。于是，我又穿上昨天穿过的衬衣，不过心里总有点不安。

骑车到校，看着学生起床、吃饭、清扫卫生。从学校后面转到门前的广场，教务处主任正在吆喝几个大一点的学生往外抬看板，一边指划学生摆放着位置，一边搭手帮着弱一点的学生抬稳。

我问准备得怎样了？教务主任看了看我说了声："快了。"看似有些生气，因为忙，我也没多问。

我刚要往校门口走去，教务主任突然叫住我。

"张校长，学校要求老师穿深色裤子、白色衬衣，你不穿，我怎么要求老师穿。学校的要求，领导都不遵守，以后这样的通知，我们教务处不下了。"

旁边就有走过的老师，还有抬看板的学生，被教务主任劈头盖脸的尅了,顿时感觉一股热血冲向脑门。

我连忙辩解道:"什么时候下的通知,没人告诉我呀。"

"通知就贴在公示栏中,已经两三天了。老师都是自己看,二百多个教职工,还能人人通知吗?"说完,教务主任扭转身,气呼呼地又指挥学生抬看板去了。

我这才想到,这几天连续在区里开会,走得早,回来得晚,公示栏中的通知的确没有看到。

于是,我迅速打电话,让妻子送一件白衬衣过来。

电话中妻子说已从老家回到城里家中,穿开的白衬衣全在老家,家中只有一件未打开的新衬衣。我说不用管了,先送来再说。妻子送来后,我打开穿上,大小合适,只是新衬衣叠得棱角太分明,照来照去总感觉不太自然,但已顾不上了。

穿上衬衣,走到校门口,正好看到教务主任背对着我,又在尅分管的校长:"王校长,你穿的是白衬衣吗?全校就是你和张校长不穿白衬衣,当领导的都不以身作则,我们以后怎么要求老师。"

"以前的白衬衣找不到了,今天早上起来,找了找,家中就这件最白了。"王校长红着脸说。

这时,参会领导的车来了,会议正常开始。

事后,我想衬衣事小,执行制度事大。制度面前,领导不能有特权、群众不能有理由。纵然,人人都愿意听好话,而不愿意接受批评,但善意的批评,失去的是暂时的面子,得到的是永久的尊重。

读者反馈

"衬衣事小,执行制度事大。制度面前,领导不能有特权、群众不能有理由。"这句话点醒每一位学校的领导者。李希贵在《学校管理沉思录》中说过:校长不能仅仅把自己当成一位管理者,就在老师和学生的地位来说,他还应该首先是一位"首席教育官"。"首席教育官"往往影响到的是教师和学生的精神和梦想。执行力如何,在某种程度上代表一个学校的精神面貌与力量。一件小事,带给教师和学生的是无形的精神引领。

野芹菜

漷水河边,有个韩家庄。韩家庄沿河的两边,沟沟沿沿长满了野芹菜。炎炎夏日,白花衬红点的野芹菜开得沟满河平。

野芹菜毒死过孙二家的猪、药死过十娘家的羊,觅食的大人、小孩从来不拔不摘。听说胆大的吴大,曾把霜打后的野芹菜晒干泡水喝,称能清热解毒治感冒,但村里敢喝的也没几人。

韩家庄最能的人叫石识武,做官升至乡民政助理。识武身宽体胖,酒量过人,乡长称其为不倒翁。识武在韩家庄是标准的上等户,可惜二女生来就傻,取名傻芹。傻芹起得比鸡早,睡得比狗晚,整天在街上疯跑,庄上人都叫她野芹菜。

傻芹可能生来就没洗过身子,披肩的头发乱得像鸡窝,粘得如刷过漆的油刷;涤卡服从两年前过年穿上,就没脱下过,鼻涕、油泥把涤卡服糊成了油毡纸。

傻芹虽傻,但很知道钱顶用。碰上大人、小孩,就咧着大嘴,半唱着吆喝:"给俺一分钱……给俺一分钱……"不给吧,她就站在旁边哼哼嘤嘤,一上午不散伙;给她吧,缺衣少食的村民实在没钱。于是,大人、小孩见了傻芹就跑,有了傻芹就像有了疯牛病,家家关门闭舍。

也有不怕的。四婶是第一个。早上,四婶提着尿罐到自留地里浇尿,正巧碰上傻芹。四婶前边走,傻芹后边跟,一边走一边吆喝:"给俺一分钱……给俺一分钱……"走一路,哼嘤一路。四婶出来前,让男人骂过，本来就生气。碰上傻芹哼嘤不止，实在烦了。放下尿罐，拾起路边的木棍，对着傻芹骂道："再要钱，再要，我就劈了你。"

傻芹见要挨揍，拔腿就跑。

傻芹也不是好惹的。过了三天，大人上坡，小孩上学了，傻芹跑到四婶家，看到窗檐下筐里老母鸡抱窝，就用棍子把老母鸡戳了出来，提着筐就下了河。把小鸡一个个放到水里，说是叫小鸡学凫水，很快一个个小鸡沉到了水底。在坡里干活的四婶听说后，撵到河边。鸡筐翻转着，已经被河水冲得越来越远。眼看着一年的希望被湋水河的鳝鱼吞入口中，四婶大呼小叫，心疼得差点跳河。

旺泉爷是第二个不怕的。旺泉爷自恃在庄上干过支书，年龄大，威望高，为四婶家的事曾当面指责石识武，要他教训教训傻芹。当然，傻芹是挨了一顿鞭子。谁承想，没过半个月，傻芹提着锄把旺泉爷在自留地里起早贪黑种的茄子、黄瓜苗锄得一干二净。旺泉爷见后，头晕目眩，倒地不起，病发脑溢血，自此半身不遂。

石识武气得除了指着傻芹的鼻尖骂她活着不如死了好外，也没别的好办法。想来想去，叫老婆到集上买了条拴狗的铁链，把傻芹锁在了家中。虽然，傻芹的嚎叫声常常从识武家的高墙内传出，但韩家庄总算风平浪静，安稳下来，只是傻芹越来越傻。

立秋后，识武小儿子见傻芹冷得可怜，偷偷地把傻芹的锁打开了。傻芹一开始还在院里晃晃悠悠地走，晌午便跑得无影无踪了。后半夜，传来消息说：傻芹被汽车撞死了。从湋水桥东边撞下去的，把河边的野芹菜压倒了一大片。

孩子是娘的心头肉。识武媳妇确确实实哭了一大场，不知道是伤心自己，还是可怜傻芹；识武没掉一滴泪，忙里忙外，处理交通事故。听说，虽然责任全在傻芹，但好歹是条人命。只要是人命事故，最少处理一万元。

忙的人还有四婶。四婶是三村五里有名的大媒人,她最大的本事就是能把死的说活了,活的说死了,半个庄的媳妇都是四婶说来的。这年头,男人事事在外忙,男人少亡的多,女人少亡的少,少亡的男人找个门当户对的阴亲还真不容易。刘区长的儿子前年打架身亡,区长媳妇早就托四婶找门阴亲,四婶好长时间就犯难。

傻芹一死,可算是给四婶解了难。四婶不知从哪儿搞了一张傻芹的照片,找人费了好多工夫,终于把傻芹的鸡窝头发换成了披肩短发,白花蓝底的的确良代替了油毡纸,眉清目秀,脸白皮嫩,只是嘴大得还像电影中的吴琼花。一切准备停当,四婶跑到刘区长媳妇面前,把照片一亮,号啕大哭,两三个人劝都劝不住,直哭得区长媳妇撕心裂肺、肝肠寸断,才被劝住。

四婶把"傻芹"改成了"小芹",介绍说:

"小芹是俺侄女,年芳十八,玉女童身。在家能做饭,鸡鸭养了一大群;在外能做活,一片地一早上就锄得寸草不留。最主要的是小芹爸爸在乡里任干部,大小算是个干部子弟。"

刘区长媳妇端详着照片,目光虽然呆滞,大嘴有些歪斜,但不管怎么说是个黄花大闺女。给不争气的儿子找个原装的黄花大闺女,总算对早逝的儿子有个交代。和刘区长一商量,便应下了这门"亲事"。

四婶回村和识武一讲,识武抖抖地转了半天圈,一下午没回过神来,对四婶自然是感恩戴德。识武是明白人,如若不是四婶能说会道,甭说傻芹死了,活着三村五里也找不下个婆家,还找区长的儿子;论家庭,刘区长以前只是开会在主席台上见过,电视里演过,这一结亲,虽然是阴亲,但也是亲家,说不定,刘区长一句话还能提识武个一官半职。

识武全家自然是满心喜欢,就只差摆喜酒、放喜炮了。

刘区长真是仗义，先是让媳妇送来了一万零一元钱，名曰彩礼，说了个名堂是"万里挑一"。隔日，选了个良辰吉日，来了六辆小轿车把傻芹的骨灰盒娶走，和儿子葬到了河西的凤凰山上。

　　听说，那天去了三四百辆车，收钱的账房排了十六七张桌子。旺泉爷死时的场面和傻芹一比，简直是一个天上一个地下。

　　黑夜里，不知道谁把河道两边干枯的野芹菜点着了，顺着河沿烧了个干干净净，漫天的大火映红了整个夜空。

2006. 11

　　附：野芹菜又名毒芹、毒人参、白头翁。生在潮湿地方，叶像芹菜叶，夏天开白花，全棵有恶臭。全棵有毒，花的毒性最大。吃后会使人恶心、呕吐、手脚发冷、四肢麻痹，严重的可造成死亡。

读者反馈

　　此文的题目可以说一语双关，借野芹菜由生到无暗示"傻芹"的一生，可悲的一生，心酸的一生。读完本篇文章，为文中的"傻芹"为之一颤，有时命运会捉弄人，不一定降临到谁的身边，"傻芹"的降临让这个家庭乃至村庄不得安宁，但是她的离世又让多人牵挂，其实人生就是这样，只有一条路不能选择——那就是放弃的路；只有一条路不能拒绝——那就是成长的路。

玉麒麟和墨兰花

1996年春天,我从农村中学被借调到区局机关工作。前任同志调走后留下了一盆玉麒麟,高八十厘米,掌形扁平如扇,边缘密叶翠绿欲滴。在欲暖还寒的初春中,一抹绿意让小室充满了生机和活力。

于是,每当闲暇时我就给玉麒麟浇浇水、修修叶,百般呵护,精心备至。可是不到一个月的时间,叶软渐黄,茎干微蔫,一幅病怏怏的样子。连忙找来懂行的花匠检查缘由,花匠看后说,玉麒麟又名麒麟掌,属于仙人掌类。喜阳光,耐干旱,浇水宜少不宜多,水多烂根。把玉麒麟挖出后,果然不出所料,根部腐烂成洞,竟没有半点生的希望,只好扔掉。煞费苦心,结果却意想不到,想来特别难受,自此很少养花。

前年一日,朋友抱来一盆墨兰花,我知道兰花高洁、清雅,但是养起来却是一件麻烦事,因为兰花素来娇贵。我连忙摆手让朋友搬走并劝道:从小对花草我就不感兴趣,十几年前连玉麒麟都没养好,你把这"花之君子"送我,不是让我给它送命吗?朋友说:玉麒麟没养好,是你不了解它的习性。兰花虽难养,但掌握了它的习性,养起来自然简单。

无奈,难拒朋友的诚心和盛情,从维基百科中查找种植兰花的技巧,吸取养玉麒麟的教训,浇水做到干而不燥,润而不湿,施肥本着薄肥勤施,宁淡勿浓,存于遮阳庇荫处,常除败叶通风。叶形直立如剑,叶色四季常青，叶质柔中带刚。每到初春，便会长出五六只花茎，每只茎上开出七八朵花，每朵花上有五条紫褐色花脉，每朵花宛如一个个五角星。花瓣短宽，唇瓣三裂，紫中点黄，远处望去犹如上下点缀的一颗颗金色的米粒。三个月的花期，清香满室，沁人肺腑。每当听到朋友闻香赞叹，我就感叹：难事只要用心并把握有度，竟也如此简单。

天下事，易非易，难非难，用心好做，有度难为。

2013.7

读者反馈

文中叙述了两次养花的经历，尤其对两种不同花的细腻描写，可见作者的文笔不同一般。文章寓意深刻，养花的背后体现作者对生活的思考：天下事，易非易，难非难，用心好做，有度难为。精准的点题之笔，让文章锦上添花。养花如做人，事情不在于大小，而在于坚持，收获会有不一样的结果。与作者共勉："世上无难事，只要肯登攀。"

追忆饥饿

国庆长假,听说我刚参加工作时的老校长病了,我急忙赶到医院探望。

老校长在我印象中,一向做事谨慎,认真负责,而我从小做事毛糙拖沓,刚参加工作时没少受他的批评;但老校长为人厚道,待人真诚,过年过节,不能回家的小青年常常被他请回家,好酒好菜地招待。

赶到病房时,正好老校长自己一人在看电视。老校长两眼塌陷,脸色苍白,身材消瘦,腹部微微隆起。我问:"病怎么样?"

老校长说:"不行了,癌细胞从胃扩散到肝上了。这已经不赖了,和我一起长这个病的早走了。已坚持近两年了,我也应该到时候了。"

听到这儿,我的心一沉,一种酸楚涌上心头。定了一会,我问。

"在一起工作时,就知道你有胃病。这个病怎么得的?"

"年轻时,不知道爱惜自己,挨饿糟蹋的。1960年我在淄博五中上学,学生吃饭分甲乙丙丁四级,一人一个地瓜面窝头,但大小不一样,甲级稍大一点,不足二两;丁级最小,一两稍多。当时,都追求进步,甲级名额又少,没有同学报甲级,最后报了级别以后再由本组同学评选。我报的是丁级,同学常常把我评为丙级。即使丙级一天也不到半斤粮食,对于一个二十一二岁的小伙子来说咋够,整日饥饿难耐。"

我给老校长倒了杯水,老校长喝了一口,接着说:"从小我就住在姥娘家，舅舅和其他人那年春天吃观音土已经饿死了，只有一个七十多岁的姥娘，靠挖点野菜勉强活着。那年12月9日，农历十一月初十，正好是我的生日。学校为纪念一二·九运动，改善生活，每人两个白菜肉的蒸包。早上，我把分到的窝头找了张报纸包了包放到了桌洞中，自己去接了碗白开水，慢慢喝下。中午，分了两个蒸包，别的同学都狼吞虎咽地吃。我很眼馋，但想到自己的生日，老人在家里也没东西吃，还是用报纸包好，自己又去接了碗白开水喝下。晚饭，分了窝头后，凑了两个蒸包两个窝头，包好放到一起，照样喝了两碗白开水。一天没吃东西，肚子饿得咕咕叫个不停，眼发花，头发慌，但想想在家中孤苦伶仃、无依无靠的姥娘还是没舍得吃一口。"

老校长顿了顿，身子换了个架势。

"上完两节自习后，我把包好的蒸包和窝头，放到一个布兜中，揣在怀里往淮阳老家赶。天上飘着雪花，西北风呼呼地刮着，眼睛睁都睁不开。走出张店，挪到四宝山时，实在扛不住了。就走到路边，拨开积雪，用手抠开冻土，拔出苦菜根，不管泥雪，在身上蹭蹭就吃。雪地里，苦菜根也找不到几棵，但稍微吃点，体力总可维持一会。走走停停，停停走走，没有表，也不知道几点，又困又饿，又冷又乏。走到离家六七里路时，雪小了，风停了，实在走不动了。我找了个避风的崖头，头枕蒸包和窝头，躺在雪地里，用手裹紧棉袄想睡一觉再走。不知过了多长时间，迷迷糊糊中，我感觉有人砸我的脚，睁眼一看，一个老头拿着粪铲对我又喊又叫。原来，附近村中捡粪的老头，看见沟边躺着一个人，就用粪铲碰碰，看看我是不是冻死了。

回到家后，姥娘躺在床上，已经三天没有一点东西吃了。我把蒸包递到姥娘手上，姥娘瘦弱的双手不停颤抖，姥娘看看滚成雪人的我，望望冰冻的干粮，泪水哗哗地流淌……"

说到这儿，我把纸巾递到老校长手中，让他擦一擦发红的眼圈。

我回过头,把滚落的泪花擦在衬衫上,用模糊的眼睛望着窗外。莆田园中明亮的灯光,映照着来来往往的人群,跳扇舞的、踢毽球的、练太极剑的……无不透露着富足安康、欢乐和谐的气息。

回到家中,我把老校长的故事讲给儿子听。听完后,上初中的儿子说:"爸爸,你别骗人了,爷爷没有肉吃,还没馒头、米饭吃吗,谁信呢?"

听了儿子的话,我半宿没睡着。

写于 2006.11

读者反馈

不同的年代有不同的关键词,那样的特殊年代,能解决温饱问题就是大家生活所期盼的,对于今天的孩子来讲,有些不可思议,这就是人生。人生是个圆,有的人走了一辈子也没有走出命运画出的圆圈,其实,圆上的每一个点都有一条腾飞的切线。环境不会改变,解决之道在于改变自己。珍爱生命,珍惜生活。

孩子,请把你的真情完美地表达

开学第一天早上,我从学生宿舍楼向办公楼走着。

远远地看见一个个头不太高的女孩抱着被褥吃力地走,两只短小的胳膊只搂抱着被褥卷的一半。小女孩走两步奋力向上抻两下,再走两步,再抻两下。尽管如此,被褥角也已拖在地上。

我赶紧跑过去,把小女孩的被褥揽入怀中。小女孩吃惊地望着我,好像要说感谢的话,张了张嘴,欲说无言。

我把被褥卷给孩子抱到宿舍,铺到床上。孩子在一边静静站立着,两只小手不停搓着上衣角,脸红彤彤的,汗水顺着面颊流淌下来。

离开时,我对小女孩说:"被褥铺好了,我走了。"

小女孩小嘴撅了两下,嗫嚅了一声,但是我最希望的"谢谢"两字始终没有从口中说出。农村孩子,农家的质朴和真诚,生动地写在小女孩的脸上。回想自己的过去,可能小的时候我也是如此。

走出学生宿舍,心情异常复杂。作为一校之长,我决不贪图孩子一声"感谢"的话语,但能否让孩子把真情完美地表达,可能影响孩子一生的发展。作为一校之长,只帮助孩子铺好被褥还不行,更应该帮孩子铺好人生之路。

想到这些,我又回到小女孩的宿舍,轻声地告诉小女孩说:"我是新来的校长,我想问你个事情。当我们得到别人帮助后,我们用语言该怎样表达?"

小女孩脸更红了,嗫嚅着说"应该说,谢谢!"

我说:"好的,下面校长和你一块说,谢谢!"

小女孩开始低声跟着我说:"谢谢!"

慢慢地,小女孩已能自然大声说:"谢谢!"

声音越来越响亮,越来越亲切自然。

最后,我说:"小同学,你今天表现得真好。"

小姑娘羞涩地低下了头,大声说了声:"谢谢校长!"

走出宿舍,走在挺直的白杨树下,小姑娘清脆地"谢谢校长"之声,久久在我的耳旁回荡。

(此文发表于 2011.1.11《山东教育报》)

读者反馈

从文中可以看出作者是一位细心的校长,不仅关心学生的生活,还关心学生的精神成长。面对来自不同农村家庭的孩子,我们有太多的无奈,多数情况下我们选择了接受,课堂中少了几分等待,生活中少了几分关注,孩子之间也接受各自的不同。也许我们慢下脚步等等他们,教给他们更多为人处世的细节,他们的成长也会悄然发生变化。有些时候需要我们驻足等待,相信每个孩子都会绽放异彩。

风　筝

阳春三月,出发胶东,常想给已上幼儿园的儿子买点什么。只可惜逛遍了岛城,也未得称心如意之物,只好作罢。

回车路经潍坊,看着路边摆满了风筝,心想买个红彤彤的风筝给儿子,儿子定会高兴。趁停车吃饭的工夫,我和同事老王、小李一起来到路边。

初春的寒风迎面吹来,夹杂的沙粒撕打着我们的脸,沙啦啦地疼。我们只好背对东风,用眼睛翻阅一摊接一摊的风筝。来到这里,我们仿佛进入了风筝的世界:红的、蓝的、绿的,应有尽有,琳琅满目;飞禽走兽、花鸟鱼虫、戏曲人物等惟妙惟肖、栩栩如生。身处此地,目睹此景,使我们深感:潍坊——风筝城,可谓名不虚传。

来到一避风的摊前,我拿起一个红彤彤的风筝翻看着。

"叔叔,买风筝吗?"

顺着声音望去,一个十二三岁、头戴蓝色小绒帽的男孩正立在离我们不远的墙角处,面前摆着三个黄鹂鸟式的风筝。看得出,小男孩已经在那儿待了老长时间,那一身破旧的校服已经裹不住初春的寒冷,小脸蛋被寒风吹打得红彤彤的,两只充满期待的大眼睛正静静地望着我们。

"多少钱一个?"我问到。

"爷爷让我卖十五元一个的,你三个一人一个,就十二元一个吧。"稚嫩的言谈不失落落大方。

小李拿过一个风筝看了看,开玩笑地说:"几块破竹片一扎,用丝布一蒙,怎值十二元,五元一个吧?"

"值,值呢。这是俺和爷爷花了三个晚上扎的,还有哨呢!"他把风筝翻转了过来,果然,有一个桃核雕成的小哨,经风一吹"吱吱"地响着,嘹亮的哨音随着风儿时断时续地向远方飘去。

"是吧,叔叔,我没骗人吧"。

"可我们想买红色的,绿色的太淡了。"我说。

男孩听我一说,有点急了。

"叔叔,买绿色的吧,俺就卖十元一个给你,行吧?"怕我不放心,小男孩又补充说:"老师说了,春天草绿了、山青了,绿色才有意义,绿色象征希望呢。再说……再说,明天我就等钱用呢!"

我的心一沉,可能是小男孩家有用钱的急事。就问到:"你家大人病了?"

男孩摇了摇头。

"你还没有交学费?"

男孩的眼睛一亮,高兴地说:"是呀!是给远方的弟弟交学费呢。"

"你弟弟在哪里呢?"

"在很远很远沂水的大山里,我们只通过信,还没有见过面呢。"

我说:"你参加希望工程了?"

"是呀,我帮助的小弟弟已经上三年级了。前两年,我是靠爸爸妈妈给的压岁钱帮助小弟弟的,可是爸爸妈妈的单位现在效益不太好。爷爷说我已经长大了,自己可以挣钱帮助小弟弟,于是,我就同爷爷扎了这三个风筝出来卖。可一上午,还没卖出去"。

"噢……"我明白了,这孩子在这冷风中冻着、饿着,期盼得到的不单单是几十元钱,还有一种希望,那就是能把一片真情献给远方呼唤的大山。顿时,我的眼睛湿润了,在大人的眼里,十二三岁还只是个孩子,大部分还在父辈面前搂脖撒娇,而眼前的小男孩却把一种本不该由他担负的责任扛到了肩上,不是为了自己,而是为了别人。

我们掏出钱,买下了三个风筝。孩子高兴地笑了,拿着钱郑重地向我行了一个队礼,扭头蹦跳着跑了,不时还回过头向我们摇摇手。

目送孩子远去的背影,看看手中的风筝,我想:如果我把这风筝,连同这风筝的故事一起送给儿子,他定会满心喜欢。

(1999.5发表于《淄博日报》并收于《山东省青年作家文选》)

读者反馈

读完此文,一行三人与孩子交流的场景在脑海中浮现,送人玫瑰,手留余香,卖风筝孩子得到的不仅是钱,而是一份信任,靠自己劳动得来的成果被别人认可是幸福的。做一个决定,并不难,难的是付诸行动,并且坚持到底。小孩能做到,何况我们大人呢?文章以小见大,让人深思。

草原上没有不落的太阳

——再入内蒙古

早上四点多起床,晚上零点多到达酒店,一路上颠簸了20多个小时。

虽然,早有思想准备,但无奈路途确实太远,又连续堵车,走走停停。进入内蒙古后,路况又非常差,总是颠来颠去,摇摆不止,可坐50多人的大巴车只坐了28人,车速也就在60迈左右,老牛般的吼叫声委实让人感觉有劲无处可用。

站在前台,等待领房卡时,负责组织的同志问我:怎么样?本来就有点气的我说:这可能是我一辈子中坐汽车最长的路程。虽然没有明显说不愿意,但对旅程的不满也表露得明明白白。不过,说后我就后悔了。一是以前我也组织过这样的工作,出门在外,各有各的想法,一人难顺百人心。二是同志问我,是尊重我。我直截了当地说累,一方面让同志难堪,另一方面降低了我的水平。一起来的团队中,虽然年龄上我是前几位的,但有女同志,也有年龄比我大的男同志,别人能受得了,我为什么受不了。好在都是多年的老同事,有点不愉快也就很快烟消云散了。

坐电梯进入房间,澡是实在不想洗,脱衣躺下。我本来就有个过了零点睡不着觉的毛病,最近鼻炎又重,再加上近来老是有些不愉快的事在心头萦绕。虽然累,但翻来覆去总是睡不着。我干脆从床上坐起,望着窗外霓虹闪烁,听着来往的汽笛声声。放眼北望,遥远的夜空下黑漆漆一片,我想那可能是一望无际的大草原,也可能是十年前我曾经眷顾过的地方。

那年,也是在中秋之后,我们三十多人来到坝上草原。当时,我是较为年轻的同志之一,我们几个年轻人犹如春天的毛竹尽情张扬蓬勃的生命力。一个同志一匹骏马在无边的草原上策马奔驰,有的大呼小叫,有的不着调地吼着草原情歌,只把赶马人落得无影无踪。当跑到一条小溪边,看着远近起伏的小山,回头一望,只剩下了我和同事小A,我们俩不禁吓出了一身冷汗。我们已不知跑出了多远,分不清东西南北,辨不出回去的方向,只好松开马缰,信马由缰。马儿顺着溪边溜达了一段,转了几个圈,便小跑起来。

小的时候,就知道老马识途,关键时候真是用得着了。估计马儿是经过训练的,也许是经常跑到这地方,不一会儿就找到了回去的路。策马飞奔,回去晚了近一个小时。夕阳下,我正和小A摆着各种酷姿留影,领队气呼呼跑过来,着实剋了我和小A一顿。我倒没感觉怎样,谁让咱有组织无纪律,害得大家焦心。小A白白净净的小脸霎时红彤彤的,撅起的小嘴,扯平了往日两个甜甜的酒窝。

晚上,领导们高兴,花了八百元从牧民家中买了只小羊,架起篝火要烤全羊。我们几个小青年围站在惊恐的小羊旁,评头论足,不时有多事者踢一脚小羊,它垂死地挣蹬,凄惨的叫声伴着黄昏渐渐消沉。

小羊可能绑的时候就没绑紧,或是抬的时候绳索有松动,或是不停地挣蹬起作用,一会儿,竟站起来,趁人们不备,拖着绳子跑了。于是生火的不再生火,骑马磨破腚的不再哼哟,老老少少、男男女女满山上撵羊。一家人左一把右一手,从东呼到西,从南撵到北,小羊受了惊吓,又拖着绳子拼命地钻来钻去。二十分钟后,就在大家精疲力竭时,小羊一头栽到树林小坑中,一动不动了。生火、宰羊、架火、烧烤。年轻人一人一个盖杯,一人一瓶带来的白酒,大有今夜不醉不还的味道。

酒未开,肉未切,一辆警车闪着警灯,鸣着警笛,呼啸而至。正在诧异中,四个警察已扑灭火。并操着方言大声呵斥我们,听不清说什么,只知道要罚款1000元。我们赶紧请来店中老板,陪情说不知道是山林防火的危险时期,领队也是点头哈腰,赔着笑脸。好说歹说,总算把警察打发走了。

火灭了,舞不成了,酒不能不喝。我们几个小青年,等着领导沮丧地吃了几口走后,便又开瓶倒酒。酒喝干,再斟满,我愿意和谁喝就和谁喝,谁愿意和我喝就和我喝,不知喝的何酒,不知喝了多少,不知喝了多长时间?哼着流氓小调,开着低俗的玩笑,忘记了师道尊严,忘记了愧疚羞涩,也忘记了领导的不悦,直到夜色深沉,和衣而眠。

听说,同来的才子第二天便写出了三字诗:马骑了,腚破了,羊跑了,火灭了,官走了,人醉了……那秋天的故事一直传扬到现在。

现在,老局长退休了,老同事离岗了,我也由原先的小张变成了老张。说话深沉了,但不激昂了,办事老练了,但没有激情了。十年的岁月,磨炼了一个人的性格,成就了一个人的品行,时间和经历永远是塑造和改变人生的一江东流春水。

清晨,打开网,一条信息吸引了我的眼球。杨振宁称赞翁帆:"噢,甜蜜的天使,你真的就是……上帝恩赐的最后礼物,给我的苍老灵魂,一个重回青春的欣喜。"本来,对82和28这一组数字就没有好感的我,感叹老头实在是不服老。我暗笑,大人物焉不知"君不见高堂明镜悲白发,朝如青丝暮成雪"。

灿烂的阳光透过轻纱照射到台前,远处传来嘹亮歌声,"毛主席啊……抚育我们成长,草原上升起不落的太阳。"

新陈代谢、优胜劣汰是发展规律,物竞天择、适者生存是自然法则。万寿无疆没有留下伟大领袖,阳光少女也难以使苍老灵魂返老还童,我想草原上也肯定没有不落的太阳。

2011.9

读者反馈

"年年岁岁花相似,岁岁月月人不同。"同样的草原,因为人的改变而心生不同的感慨。其实生活中很多情况亦是如此,心雨的时候,晴也是雨;心晴的时候,雨也是晴。随着年龄的增长,看问题的角度,思考的深度都有所变化。当回首往事的时候,经历就是财富,人生也会越来越丰盈充实。

一辈子做个好老师

外甥以优异的成绩被录取为正式教师,全家都很高兴。分配工作后,我告诉外甥说:"当个好领导人家说了算,当个好老师自己说了算,一辈子做个好老师,就很幸福。"

十几年前,自己大学毕业分配到一所农村中学任教,当语文教师,干班主任,工作第一年就被评为区优秀教师,次年加入党组织,干过政教,管过教务,在忙忙碌碌中行走了八年;偶然的机遇,调到局里工作,从业务科室干到重要部门,从科员干到科长,一晃又是八年。期间,有加班熬夜的辛苦,也有倍受尊重的满足。时间转到现在,自己成了一个小小的负责人。在别人看来,算不得祖坟上冒青烟,也应该是贵人扶持,仕途顺畅。但有时躺在床上常常扪心自问,业务丢了十几年了,除了会当官还会干啥?如果不好好对待老师学生,作威作福,横行霸道,被人民群众掀了下来,还靠什么赡养老人,照顾孩子?……

一天晚上,去拜访在某局当领导的同学。楼前楼后转遍,不见灯亮,打手机一问却在家中。进得家门,同学抱怨说:毕业生分配、工作人员调动,件件都是难办的事,符合政策的不用找咱办,不符合政策的办了又不行。上门找的不是领导就是朋友,得罪谁都不行。只好孩子送到姥姥家,家中电灯不开,座机不接,造成家中无人的假象。每天晚上,夫妻俩吃完饭就静坐在沙发上重新"谈恋爱",一个多月了，上厕所也只能用打火机照明。即使如此，最心烦的还是一阵阵刺耳的门铃声。闻此，对同学很是同情，别人看到的只是他在外的风光体面，没有感觉到他失去了正常人的生活。他官虽比我们大，但不如我们自由。

每天，打开《新闻联播》，总书记、总理不是接待友人，就是访问群众，过年过节还要慰问受灾百姓、遇难矿工，一年365天，几乎天天有他们的动向。有时就想他们身体非常好，不感冒不发烧。细细一想，他们也是肉体之身，五六十岁了，怎么会不感冒不发烧呢？但外国友人来了，别人早安排好了，感冒也要接待，发烧也要访问。感叹，当大官身体、时间都是国家的，一年365天、一天24小时别人都安排好了，官越大越不自由。

暑假回家，大哥对我说：在农村中学教学的侄子连续送了三届毕业班，教学成绩也很好，学生家长很认可，分班时学生都想去他的班。今年，虽然新换了领导，但仍想让他继续送毕业班、当班主任，问我的意见。我说：好是自己干的，坏是自己赚的，谁说了也不算。哪个领导也需要干活的，干好了自己就说了算。当个好老师，一辈子很幸福。

听到这里，外甥坚定地说：我也是这么想的，一辈子做个好老师。

（2006.9发表于《临淄教育》）

读者反馈

每位教师都应该树立这样的工作作风，更好地工作，更好地为国家培养人才——愿做，一辈子的老师；想做，一辈子的好老师。面对物欲横流的社会，部分教师有些偏离了工作的方向，让人有些担心。作者用自己的所见所闻在告诉读者，其实任何工作岗位，都需要坚守自己的职业操守，有"不以物喜，不以己悲"的胸襟，具备人格魅力才能赢得尊重。

公寓费

早上打开QQ,儿子发来信息:"老爸,大学要统一调整公寓,你愿意让我住的条件好一点,还是条件差一点?当然,这取决于你支持的力度是大是小。"关闭QQ,一阵酸楚和苦痛从心底隐隐攀升。

二十世纪八十年代末,我上大学二年级。放假前,学校通知从下学期开始实行公寓化管理,每个学生缴120元钱,公寓用品学校统一配发,学生不用再从家中带被褥。

120元,对于一个普通工人来说,可能相当于两个月的工资。而对于靠地里来、地里去勉强维持生计的母亲和上学的我来说,这可是一个不小的数字。

好在,那时大学放假的时间有两个多月,筹备的时间还蛮充足。

放假第二天,母亲和我说:"常春在窑上出砖,活就是累点,但能很快结算工钱。"

常春打小就是我的玩伴,上学不多,但为人憨厚,重感情。听说和他一块干活,又是在村头的砖窑上,更重要的是能快速结算工钱,我爽快地应允了。

常春告诉我,白天干活太阳晒得厉害,人来车往的又多,咱们白天休息,晚上干活。我知道常春这样安排,一是确实晚上干活凉快,三伏天再加上烧砖的高温,窑坑中温度足有五十多度;再是照顾我的面子,一个大学生在窑上装砖码垛,在庄里乡亲面前怕我面子上过不去。

临近黑天,我和常春来到砖厂,常春找来铁锹把用来码垛的地方平好,然后对我说:"你刚干活,可能受不了,我到下面往上扔,你在上面接,然后码好垛就行了"。

码垛对我来说不是什么问题,生在农村,在砖垛中长大,四块砖一组,交错对排,四组一层,十二层上再叠摞八块,一垛正好是二百块。

常春下到三米多深的窑坑中,两块一摞向上扔,我在上面接,然后快速码好。一开始接不好,几次掉落,多亏他躲闪及时,差点砸到他的身上。慢慢地,两个人配合默契了,不用看也能准确抓到手中。

二十多分钟码好一垛,虽然气喘吁吁,感觉还行,不怎么累。只是汗水淌成小溪,顺着肚皮向下流,把身上的红黄粉尘冲出了一道道小沟。躬身接砖,弯腰码跺,动作很简单,两块砖也不重,但反反复复几百次、几千次甚至上万次重复如此的动作,对从未干过重体力活的我来说,确实是个极大挑战。

上半夜,干一会,歇一会,喘喘气,喝喝水,还能坚持。到了下半夜,戴的手套早已磨破,小指头肚磨得生疼,腰和臂膀如同针刺。喝水的频率越来越高,坐下的时间越来越长。七个小时后,过度的体力透支和深夜瞌睡的侵袭,彻底摧毁了我不服输的意志。也真正理解了《农民歌谣》中"长工昼夜把活干,腰酸背痛不敢站"的艰辛。

天蒙蒙亮回家,没吃没喝,一直睡到又一天早上,出砖挣公寓费的想法只好放弃。

当天晚上,同学英新和我说,他跟着槐行村的一个建筑队在石化机械厂干建筑,一天三四块钱,问我愿意不愿意去,愿意的话可以帮我去说说,到时两人也可以做个伴。我正愁没活干呢,听英新一说,马上应允。

包工头姓丁,听说我上大学,对我格外照顾,安排我给他们推小车供灰。二百多斤的小车,虽一开始有点费劲,但有回来时空车的轻松,供满时还可以有片刻的休息,又没有午夜的困倦,对我来说这活蛮可承受。

干活时,结识了少时在槐行村劫过我们的"长毛贼",听说他坐过监狱。咋一见面,心中不免充满恐惧,但接触长了,了解多了,再加上他对我这个穷学生特有的敬重,在慢慢交流中,他在我心中的狰狞面目渐渐荡去。那时,才知道他的大名叫"文正",虽从小调皮捣蛋,走了一段弯路,但父母希望他"文雅正气"的愿望镌刻为他生命的名号。

干了半个月,包工头突然通知我们说活不能干了,工程没结束,钱也就遥遥无期了。

干来干去,忙里忙外,公寓费的问题又回到了起点。

正愁没什么好办法时,已分开单过的大哥和我说:他前几年烧制的红瓮还有许多,不如推到集市卖掉救急。

从小没卖过东西,说起来心里犯愁,但想来想去,也没有别的办法。只好借来了木推车,两边绑上八套泥瓮,逢不远不近的金岭、中埠集去卖。

中埠集在金岭铁矿附近,怕颠坏了瓮子,从公路上转着走有二十多里路。推到集上,找个空闲的地方,卸下瓮子,摆好,我不会喊卖,其实也不用喊,想要的人就会问,钱多钱少都可以给,在大哥家已堆了几年了,对我来说是无本生意,卖多卖少都赚。只要在价格上没有争吵,买卖并不难做。怕就怕碰上同学,丢了面子。

人真是怪了,有时怕啥来啥。有一次在中埠集上,真是碰上了不一个班的常姓同学,就不到两米的距离,在眼光一对的刹那间,他一转身推着自行车向相反的方向走去,也许是故意装没看见我,也许真有别的事远去,但对我来说却是一种侥幸,避免了一场尴尬和难堪。

忙到中午,不论贵贱,能处理的全部处理完。一边吃点带来的饭,一边盘算走哪条路回家,走原路,车多路远,油漆路晒得滚烫难熬;走近路,乡间土路,颠簸难走。盘算一番,还是决定走小路。

初秋的季节,两边的玉米已长成了漫无边际的绿墙,炙热的太阳,烧烤的玉米叶子绵软下垂,一条小路夹在绿墙中间,路面上因太阳的炙烤和来往车辆的碾轧,形成了一层厚厚的浮土,脚一踩进去便没过了我的解放鞋。

走了一里多路,我就后悔了。从中埠往东七八里路,没有村庄人家,小路的两边是密不透风的玉米地,只有我一个人走在这曲曲弯弯的小路上,一旦有个事情,叫天天不应,叫地地不灵。推着车子,往回走了几十米,又给自己打气说,我一身从上到下,什么值得劫,何物值得抢?连个小路都不敢走,传出去肯定让人笑话。于是又回转头,沿着小路往前走去。虽不时瞅瞅挂在车棚上包中的镰刀,以备防卫,也常常猛转身看看身后有无动静,解放鞋早已灌满了浮土,也不敢停下来磕一磕,偶尔摆动的玉米叶常常让我头皮发麻。太阳的炙热和早起的困乏,因臆想的恐惧而全都抛到了九霄云外。一口气走到薄家庄,停下来,歇一歇,浸透的衣裳一拧便打湿了浮土。

艰难困苦,玉汝于成。赶了十几个集后,总算在上学前凑足了120元的公寓费。

我把想到的这些写了下来,发给了儿子,并嘱咐儿子说:选择好坏我们暂时都能承受,关键是"生活上要往下看,学习上要往上看"的品质一辈子不能忘记、不能丢弃。

一会儿,儿子回复了两个字:明白。

2016.4

读者反馈

1. 家庭是孩子的第一所"学校",父母是孩子的第一位"老师",家庭教育的成功与否必然会影响孩子的成长。作者面对儿子的公寓费留言,没有用说教唠叨的方式,而是用自己的亲身经历和孩子交流,这是一种"无声胜有声"的对话,避免尴尬与冲突,育人要育心就是一种高境界,儿子最后的留言"明白"也可以看出孩子的成长。

2. 今天读书看到一句话:"学会感恩,要相信所有的经历都是生命的馈赠。"我觉得这句话很适合这篇文字。经历是财富,吃得苦中苦,方为人上人。不一般的人生阅历铸造了作者的辉煌人生。

出　身

圣光叔一家是村中唯一的地主出身。

上小学时，看到课本上的四川大地主——刘文彩催租要粮、喝人奶，忍不住问母亲：圣光叔家是否也是凶神恶煞、无恶不作的南霸天、黄世仁？

母亲先是满脸恼怒，继而教导我说："人与人不同，你圣光叔家可不是你说的这样。你哥姐小的时候，我们去他家门口推碾，都是你圣光家奶奶帮我们看孩子。等我们推完碾，人家早煮好鸡蛋、做好面疙瘩汤喂饱孩子了。他家孩子少，你哥姐穿的好多衣服都是人家给的。"听着母亲的话，想想课本上的"千万不要忘记阶级斗争"，我曾怀疑过母亲的阶级立场是否有问题。但因为太小，再问恐怕要挨耳光，也就作罢。

有一年，村西头的瘸腿文斌投机倒把，从桂花树上剪了一根枝子，插到花盆中拿到集上卖，官司告到了公社。在公社会上，当村书记的山子被点了名。山子回到村后，亲自带着民兵把全村的花草全部砸烂铲除，村里的黑板报也换上了"坚决刹住玩花养鱼的资产阶级歪风邪气"。

晚上在大队院点上汽灯，民兵孙大牙捆着文斌，开批斗大会。圣光叔也站在文斌的右边，作为出身最不好的地主分子陪斗。贫协委员、支部委员、共青团员、知青代表都进行了发言。讲话的人，一方面迫于政治形势，另一方面害怕得罪了山子和公社领导，不是从报纸上抄的高谈阔论，就是避重就轻、不疼不痒地批评文斌，一晚上的批斗竟没半句对圣光叔的批判。圣光叔站在台上，头低得近乎与地面平行，深秋的寒冷中不时用交叉下垂的双手揩汗。但在全村的心目中，圣光叔除了地主的出身外，都知道他没有一点错。

开完批斗会后，孙大牙和另一个民兵押着文斌，后面跟着圣光叔，围着村子转了一圈，算是游行示众。一边游街，一边有知青领着喊口号。喊的什么已经不记得了，只是一开始还是满街的人振臂高呼，后来游行队伍越走越少，到了后街也就只剩下十几个人，还有一大群看热闹的孩子了。这是笔者记忆中村子里第一次阶级斗争，也是最后一次，只是到现在心里还时常为不明不白受屈的圣光叔鸣不平。

圣光叔是村中唯一的厨师，村中红白喜事都离不开他。往往提前几天，他就带着一大堆碟子、碗筷，盘灶安锅。在村里人都在喝酒吃喝中，他一人腰扎围裙，手颠大勺，忙里忙外，汗珠子都顾不得擦一擦。小村里有赏厨的习惯，操办公事的账房替主家感谢厨房，往往要包上几块钱赏给厨房，也就是圣光叔。每当这时，圣光叔总是悄悄地再把红包还给主家，从来都是分文不取。

圣光叔上过私塾，写得一手漂亮的毛笔字，每年小村的春联成为他无人能替的必修功课。村里人只是从集市买两张红纸，放到圣光叔的家，其余的笔墨、裁剪、书写、晾干、分装等都是圣光叔在出工后的夜晚一一完成。常常一进腊月就开始写，一直写到除夕的夜晚。大年初一的早上，满村的门上贴着圣光叔写的"听毛主席话，跟共产党走""风雨送春归，飞雪迎春到""春风杨柳万千条，六亿神州尽舜尧"。

我幼小的心里实在猜不透写着"共产党好"，念着"新社会好"，整天低着头,见人带着笑,串街走户拜年的圣光叔心里到底好不好。现在想来,"四海翻腾云水怒,五洲震荡风雷激"应是当时圣光叔复杂的心境。

圣光叔一男一女两个孩子。华姐是大女儿,个子高挑,眉目清秀,常穿一件红黄相间的方格褂子,梳两条齐腰的大辫子,在村中绝对是美女级的。华姐学习特别好,尤其是数学,班级里的男生都要来请教她,每次数学考试,华姐都是 100 分。

在推荐上高中时,教数学的王老师极力推荐华姐,华姐虽没被推荐上,却惹恼了学校中的另一派。另一派老师假冒华姐的名字写了上告信,说王老师是个强奸犯。深秋的寒风中,学校真来了两个公安,用三轮摩托押走了王老师,因为签着华姐名字的上告信和两个老师的证人证言,王老师真就被判了刑。从此,华姐也就落下了一个生活作风不好的骂名,嫁到山里同样地主出身的婆家,受尽了讥讽冷语,直到王老师平反出狱,恢复公职。

林子哥是圣光叔的男孩。从圣光叔继承的地主出身,让林子哥学习优异,却不能升学;身体健壮,却不能当兵;思想积极,却不能入团,就是到最艰苦的太河筑坝修河,还要有人专门监管,防止他挖社会主义的"洞穴"。

有一年春节,村子组织文艺演出,有一个节目是男女划船对唱,女角选的是一名知青。选男角时,所有贫下中农的男孩都试了,就是没有合适的。组织者找到林子哥,他一亮嗓子就得到了赞许,最后把林子哥定为了对唱的男舵手。

演出的当天下午,圣光叔和几个富农出身的人,在挖坑埋柱扎台子,大汗淋漓。我凑到圣光叔面前,问他累不累。他一边擦着汗一边笑着对我说:"干习惯了,几个人扎个小台子,不累。"

我知道圣光叔这次笑是发自内心的真实笑,不是为自己,而是为林子哥能登上贫下中农的舞台,去歌唱祖国、歌唱党、歌唱社会主义。

林子哥的演出成了文艺晚会的重头戏,在全公社进行巡回演出。在排练、演出的过程中,高大帅气的林子哥自然也就成了青春少女的爱慕对象,给林子伴舞的前街英子虽遭受了家庭的百般阻挠,毅然决然地跟着林子哥跑了。

夏日的早上,圣光叔慌里慌张拿着一张纸来找大哥,说早上起来就找不到林子,看到桌子上留的信才知道林子、英子跑了。问大哥知不知道林子能去哪?大哥看了后坚定地说:"不知道。"

但从大哥的眼神中,我知道作为多年的玩伴挚友,大哥一定知道林子哥要走的事情,但林子去了哪儿,可能大哥真不知道。

圣光叔把信攥在抖擞不止的手中,信纸"哗哗"作响,眼泪不停地在眼中打着转。我们知道圣光叔担心的不光是林子哥的安危,还有英子家的吵闹,更怕大队、公社的处置。

大哥急匆匆赶到林子哥住的小偏房,和圣光叔翻箱倒柜,不是为了找到什么,而是为了向英子家证明他们俩的走,圣光叔确实不知道。

圣光叔的担心不是多余的。英子家先是发动族亲遍地找寻,林子哥家的亲戚朋友,区里、市里的大街小巷都翻了个遍。半个月后感觉确实找不到后,喝醉酒的英子爹便要去找圣光叔,要砸烂林子的家。多亏了大哥等林子玩伴的劝说,连哭带叫的英子爹走到半路上硬是被拉了回去。

圣光叔死得很突然,平日里极少喝酒的他,晚上独自喝了点酒,第二天就没有醒来。圣光叔去世后不久,大队墙上贴出了告示,林子哥及其他地主、富农出身的人都成了新社员,只是找来找去,找不到圣光叔的名字。

人生一世，草木一秋。圣光叔漫长的人生经历了风风雨雨、坎坎坷坷，却又平平淡淡，不为人知。听说，识文断字的圣光叔早就从收音机中听说了中央的政策，一高兴就喝了点小酒。但这一醉，却让他带走了压抑了他一生、折磨了他一世的地主出身，永世没有翻身。

2016.7

华　妹

　　那天刮着北风,下着小雨,我骑着自行车带着挺着大肚子的妻子从乡下往城中赶。妻揽着我的腰,脸紧贴我的脊梁。我慢慢地蹬着车,悠闲地欣赏从雨中匆匆走过的人影。

　　忽然,我发现了华妹,从法院的大门走出来,没带雨伞,也没带雨衣。在家时,母亲曾说华妹的男人有了外遇,正在闹离婚。临出门时,母亲还凄苦地倚着门框说:"文武,华妹是你儿时最好的玩伴,现在遇上难了,你……你们可要帮帮她呀。"回头看妻时,妻的脸好长好长。

　　我停下来,叫了一声"华妹。"她停下脚,转过铁青的脸,凄然地一笑,"啊……你们!文武哥,……啊……!我先走了。"没有微笑,没有挥手,简单的只是一转身,在秋风中抖抖地斜行。我怔怔地望着远处的烟雾,飘逸其中的华妹,那个颀美而又瘦弱的影子。我的心又疼又痒,我的口又苦又涩。

　　我抹一把脸上滚动的雨珠,妻已把脱下的雨衣递到我的手中,望望那雨中疾行的影子。

　　我跨上自行车,撇下身体臃肿的妻子,向华妹的方向追去。追上后,我挡在华妹身前,双手扶她站稳,把雨衣套在她的身上。

　　"我自己走就行,我不要,文武哥,我不要。"华妹吁吁地喊着。眼中汪着一洼清水,脸颊上淌着两行清泪。我们灼热的目光交缠在一起,心中充满了一种说不出、不能说、又难说清的痛苦。

风儿从我们中间穿过,撩起了她披散的长发,一直飘荡到了我的鼻尖,却已闻不到昨日的清香。我给她戴上雨帽,扶着那抖动的双肩,坐到自行车上。

天上不知何时又下起了雪,纷纷扬扬,飘洒到脸上、手上,经先前的雨水一化,初冬的寒风一吹,刺骨的凉。华妹的脸贴着我的脊梁,一股带有少时的温热从脊梁散发到头上、脚下。我蹬着车,望着远方,听着华妹的泣诉:"他简直不是人,他办事处的小姑娘才只有十六岁……"

我咬着牙,仿佛看到了那一对男女,又好似看到了挨揍的华妹,号啕大哭的孩子,老母亲的抱怨也时时敲打我的心。

"你在外面上学时,多亏了华妹照顾我,不是为了我,她能待到二十四五,嫁个罗圈腿。"

过去,我一直认为自己活得很洒脱,满以为对何人何事都问心无愧。可今天面对华妹,我只有钻心的疼痛,找不到也实在没有宽慰自己的话语。

停在华妹家的门口,华妹脱下雨衣,紧紧抓住我的手,急切地问,又似在喊:"孩子还小,他人又找不到,你说我该怎么办,怎么办呀?"华妹满脸无助地望着我,左右摇晃着我的手。

看着匆匆从我们身边走过的路人,我慢慢地抽出手,把华妹脸颊上的一缕青发给她拂到耳后。

俗语说:"宁拆十座庙,不破一桩婚。"为了华妹,为了孩子,既为了华妹又为了孩子,我不知道哪条路更适合华妹?我怎能看得清,如何说得明?

我转过身,推着自行车往回走着。这时,风停了雪住了,天要放晴了!回头望华妹时,她还怔怔地望着——不知道是我还是远处的天空。

我习惯了遇事瞻前顾后,优柔寡断,但在这件事上,面对不到三十岁的华妹,我还能让华妹用一辈子的青春为他人的错误陪葬吗?

我回过头,大声地对华妹喊道:"明天法院门口,我等你。"

回到家时,妻早已到家,正织着毛衣,对着我会心地笑。

我捧起妻子的头,读着妻子的脸,望一望妻挺着的大肚子,今晚的妻好漂亮、好潇洒呀。

(原文发于1993年《齐国风》创刊号)

读者反馈

青春的感情,带有年少的青涩。

笔者的描述,带有一个普遍的社会问题,作为女人是软弱的,需要坚强的臂膀。当失去臂膀后,女人就要选择坚强。无论男人多么优秀,女人要靠自己活着,这样才有价值。

语言俊美,文思洒脱,漂亮!

儿子威胁我

晚上九点多，刚回到家，儿子便嚷嚷："爸，俺妈同意了，明天早上，第十五届多哈亚运会开幕，晚上十二点我起来看开幕式。"

我知道贪吃迷糊睡的儿子深夜起不来，因此也没当回事，只管忙自己的事，没有搭理他。

睡觉前，我躺在床上看书。儿子进来找闹钟，说要定好时，明天早上起来看开幕式。这下我慌了，原来的打算落空。开幕式断然不能让儿子看，一是他定上时，半夜三更的闹铃不断，扰乱全家人睡觉；二是儿子打开电视看开幕式，房子里声音吵，灯光闪，我睡不好觉；三是儿子明天上学，看上三四个小时的开幕式，难以上课学习。

我说："不行，明天还要上学，看上三四个小时，你怎么上课？"

儿子振振有词地说："我起来就看一个小时。看了后还能睡三四个小时，保证明天上课没事。再说看开幕式上中国队入场能振奋精神，激发爱国心。"

说完，不由分说拿着闹钟走了。放下书，听着儿子转动响弦，拨到晚上十二点，试好后，关灯睡觉。

妻子进来，我问妻子怎么办。妻子说："儿子半夜里睡着了，拖都拖不起来，他还看什么亚运会，放心睡觉吧。"妻子虽说，但我还是不放心，一是期中考试后，每天早上5：30闹钟一响儿子就能起来；二是即使儿子起不来，半夜闹钟一响也吓全家人一跳。我把想法一说，妻子说：

"不用担心，待会他睡着了，你把闹钟拿来，我调到早上5:30不就行了。"

我想也是，这样既神不知鬼不觉地阻止儿子看开幕式，还可造成儿子定时定错的假象。于是，静静地等着儿子睡觉好去偷闹钟。

过了大约十分钟，我悄悄地走到儿子房间，借着外面的灯光，看到儿子用被子捂着头。我慢慢地打开灯，儿子朴楞坐了起来，睡眼惺忪地喊道："到点了吗？"

我一看阴谋败露，忙说："我看见你捂着头睡觉，怕你缺氧，想给你往下抻一抻被子。"

儿子嘟囔："我刚睡着，你烦人不烦人。"又躺下继续睡觉。

我一看不行，忙关灯又回屋躺下。

大约过了二十分钟，估摸儿子睡着了。我猫着腰、光着脚，蹑手蹑脚走进儿子的卧室，悄悄地把闹钟偷了出来，轻轻地交给妻子，妻子拨到早上5:30，我又慢慢地放到儿子的枕边。这时，我听到儿子已经发出了微微的鼾声。

早上，一阵急促的闹铃声把我叫醒。这时，儿子也嚷嚷开了。

"你们两个谁把闹钟调了，害得我看不上开幕式。你们两个没有一点爱国心。"

我自知理亏，但也不能承认。说："你是不是调错了，把十二点调成了五点多。"

"什么调错了？我调到十二点的，我还试了一遍，怎么会错？分明就是你们给我调了。"

我没有话说了，也来了个耍赖的办法。我说："你知道我不会调闹钟。我早就睡着了，和我没有任何关系。"

"没关系，也怨你们俩……"

儿子还在嚷嚷，我继续睡我的觉。儿子见我不作声，又和早起做饭的妻子吵，起初是顶嘴，尔后撑起了葫芦架，最后是儿子坚决不吃妻子做的饭，以示抗议。

我把妻子叫到卧室躺着说话。过了十几分钟了，该上学了，儿子还没走。我穿好衣服，走出房间，看到儿子正趴在茶几上埋头写作。

见我出来，儿子把日记本一合。咬牙切齿地说："我已经把你们两个的'滔天罪行'全记下了，今天就把日记本交给我们王老师看，让你们昨晚的丑事曝光。"

听后，我心里暗自高兴，我对儿子的"亲师"教育还真有点效果了。

2006. 12

读者反馈

优秀父母，他们的一个共同点就是在教育孩子上费尽心思。文中的作者运用巧妙的方式与孩子一起成长，虽然当时孩子有些不理解，事后总会明白父母的一番心意。父母变换方式与孩子共同进步，享受成功的喜悦，是终生难忘的，用笔记录孩子的成长过程也是一种幸福，可以看出作者对孩子的关注。

我和儿子说快乐

走进儿子的卧室,看到正在做作业的儿子托腮沉思。我问儿子在想什么?儿子说在想"什么是快乐",并让我说说什么是快乐。

朋友曾告诉我,幸福和快乐是一种感觉。翻开《现代汉语词典》,"快乐"解释为"感到幸福或满意"。望着窗外广场上闪烁的灯光、舞动的人群,听着咿咿呀呀的唱腔,我想快乐无地域,快乐无贫贱,快乐无高低……

有个朋友取得了加拿大的绿卡,中国人变成了加拿大人,很是快乐。回国后,西装革履,油头粉面,可谓是洋洋得意,意气风发。好多朋友因为有这一体面朋友而炫耀、自豪。一日,另一朋友到加拿大旅游,去看望他时,恰巧碰到他腰扎围裙、肩搭毛巾、手颠大勺,在老板的呵斥声中洗碗炒菜。朋友见面,很尴尬,很苦恼。由此而知,当中国人不一定不快乐,当外国人不一定不烦恼。

打开7月10日《鲁中晨报》,一篇《弟弟5年捡垃圾供哥哥上学》的文章很是感人。小黄猛很贫穷,只能靠捡垃圾维持生活,供哥哥上学。小黄猛最快乐的事是捡的塑料越来越多,能卖钱的垃圾装满自己的三轮车,用捡垃圾的钱供哥哥上学。当看到哥哥考上大学时,他和哥哥生平第一次碰杯饮酒;当他走出中央电视台的《新闻会客厅》时,脸上荡漾着快乐和微笑。

某著名女演员,已腰缠万贯,但还拼命挣钱。别人问她为啥时,她哭诉说她儿子是弱智儿,她一生最大的愿望是自己死后,儿子能拿着她挣的钱去买一个西红柿吃。由此而知,贫穷人有快乐,富足人也有烦忧。

　　在官场上混了几年,觉着当官如挣钱,有了一百,想挣一千;有了一千,想挣一万。有的人当了主任,想当校长;当了校长,想当局长;当了副的,想当正的;当了低的,想当高的……其中,不乏作践别人,抬高自己,跑上跑下,吃吃喝喝,大有生命不息,追求不止的精神和不达目的,誓不罢休的气概,追求越高烦恼越多。自己身处小地,同十几名老师共同工作,和谐相处,宽容相待,想着的是兢兢业业干点对得起自己良心的工作,没想通过工作求得更高的官职,可以说既无远大理想,更无宏大抱负。由此而知,居庙堂之高,责任大苦恼多;处江湖之远,责任少快乐多。

　　某朋友之父病重,常常怀疑自己没有多长时间了,因此整日愁眉苦脸,茶饭不思,夜不能寐。我就同他说,一个人整日算着我还有多少天就会死,生命已经没有几天了,心情每时每刻都在紧张中度过,人就会越来越恐惧,没有病的人也会生病。如果反过来想,病已经是这样了,活一天就又多赚一天,心情就会愉悦,生命就会更长久地延续。

　　某日,领导不指名批评教师,有同志问我感觉如何?我说我感觉领导批评的可能是张三、李四,最多还有王二麻子,没批评我。领导不指名,批评是批评别人,表扬是表扬自己,不同的想法就会有不同的心情。由此而知,快乐可以自我创造,可以自我调解,可以……

　　说到这里,我问儿子,你感觉什么是快乐?儿子说我感觉让别人快乐最快乐。我听后大吃一惊,我说了一晚上,不如范仲淹老先生的一句话。

2006.9 写于辛店

读者反馈

朱永新曾说过:"家庭教育在一定程度上重要性甚至超过了学校教育,父母应该给孩子良好的家庭教育,在一定程度上,有什么样的家庭就有什么样的孩子,有什么样的家庭教育就有什么样的儿童。"文中的作者是一位很用心教育孩子的父亲,对于儿子提出的问题不是避而不答,而是用多样的方式让儿子理解,最后儿子得出的结论精妙。希望每位父母做个有心人,与孩子一起成长。

儿子，请你宽容老师

星期天，陪着上初二的儿子在家做作业。

儿子抬起头问我："爸爸，你认识王蒙吗？"我说："他不是你的小学数学老师吗？我知道这个名字，但人我还对不上。"

"爸爸，你见了面不要搭理他，这个老师很坏。"

"他教了你两年数学，你怎么能说你的老师很坏呢？"

"他课上得挺好，但办事不公平。上小学五年级时，学校组织数学奥赛，班里选10个同学，我考了第10名他不让我参加，让第11名一个姓邢的同学参加。"

我说："为什么不让你参加呢？"

儿子说："就因为考试前的课间，我和我的同学说了句，考啥考？耽误中午回家吃饭了。那个姓邢的同学去告诉了数学老师，结果就不让我参加奥赛。"

其实，儿子上小学时曾和我谈过这件事，我觉着儿子小，过几年就忘了，并没有放在心上。三年过去了，儿子非但没有忘记，反而谈起来依然愤愤不平。我霎时感觉，儿子对小学数学教师的糟糕印象可能因为这一件事而陪伴一生。

我对儿子说："是不是老师还看平常的成绩，你平常数学的表现不如姓邢的同学好？"

"不是，只看那一次成绩，就因为姓邢的同学经常去他那打小报告,全班同学都知道。"

我顿了顿说:"这可能是你错怪老师了。第一,老师选拔奥赛学生绝不只是看一次考试的表现,除了看成绩,还要看心理素质。你考试成绩好一点,但心理素质、应变能力可能不如姓邢的同学。第二,你考试态度不如姓邢的同学,你厌倦考试,而姓邢的同学积极争取参加考试,数学老师自然让喜欢考试的同学参加。第三,你仅仅考了第10名,比后面的同学多考了8分,如果你考了第1或第3名,老师要调整也不会调整你。第四,已经过去三年了,为什么还记恨老师。再说即使老师错了,为什么不能宽容老师呢?这样一说,还是你的错多,而且你还错怪了数学老师。"

儿子咬着笔端,沉思片刻说:"我只不过偶尔想起来说说,没事了。"

说完,儿子飞速地写起作业。

望望儿子胖乎乎的脸蛋,我心中暗思,做教育不能漠视孩子,公平要时刻铭记在心。

2006.10

读者反馈

作为一名教师,时刻在学生、家长的关注中生活,所以要慎言慎行,有时无意的一句话,可能给孩子造成终生的伤害。作为家长,注重引导孩子正确地理解老师。宽容别人,就是解放自己,还心灵一份纯净。孩子的成长需要家校配合,文中的作者用理性的分析让孩子走出对教师误会的阴影,正确对待师生关系,值得学习。

我和儿子一块上初四

儿子刚上初一，我就对儿子说："我虽然干老师，但却不希望你在班中考第一、第二的，一是爸爸没给你那么聪明的脑袋，二是用过多的苦和累换一个好名次没必要。"

儿子问我："那你希望我考第几？"

我说："我希望你每天都有进步，初一到初三不要落下功课，初四考个好的高中，不要让我缴费。"

儿子平时调皮，但对他有利的话，会落实得很实靠。

妻子看到人家的孩子节假日上英语、数学辅导班，动员儿子去参加，儿子很不情愿。勉强报了个英语辅导班，没上两次课便惹恼了辅导老师，老师对着妻子劈头盖脸地说了好多不是，弄得妻子在朋友面前下不了台。回去后，逮着儿子好一顿收拾。

我对妻子说："既然他不愿意学，干嘛花钱花时间。你问问他愿意学什么，给他报个班不就行了。"

于是，妻子问儿子愿意学什么。儿子说：学美术。妻子就给他报美术班，学了一段，据说还不错，上课用红笔偷着画的百元大钞，特别是领袖像还真像模像样。学了一年后，又不学了，改学篮球，后来又学吉他……两三年过去，换来换去，什么也没学成，画板、篮球、吉他等大、小器具却置了一大堆。

等到儿子上初四，一问儿子的成绩，一直排在班中二十名左右。

老师说若按这个成绩衡量,一是考不上好高中,二是考上可能要拿钱。

我一听,有点傻眼了。我干老师,儿子连高中也考不上,即使考上拿钱的,也挺丢人的,更是没法教育别人。

回去和妻子一谈,妻子撂挑子说:"你现在要面子了,早和你们爷俩说,你们爷俩本事都比天大,老的、小的都不听,你们有本事使吧,我不管。"

和儿子一谈,儿子虽小,但也知道中考是道槛,考不上的结果很严重。只是,感觉老虎啃天,无从下手。

我和他说:"你制订个学习计划,每天早上几点起床、晚上几点睡觉,利用早上和晚上的时间攻一下相对弱一点的数学、英语、生物和理化。"

我定好点,每天按儿子规定的时间起床。叫起儿子,早上读半个小时的外语。儿子学习时,我就给儿子做饭,有时是肉丝面,有时是肉夹馍,每天换个花样。

虽然儿子上学有班车,我也不让他坐了。每天开车送他上学,十几分钟的时间,和孩子边走边拉。今天要考试了,叮嘱儿子:考试我们不追求有超水平的发挥,要做到仔细认真,该做对的一个也不能错,不会的做不上也不后悔。过段时间儿子有进步了,告诫儿子:同学们都在进步,做人谦虚一点好,夹着尾巴做人,别人不会把我们当傻瓜。又过段时间儿子想偷懒了,告诫儿子:做事一定要持之以恒,"有志者立长志,无志者常立志"……别看这十几分钟,有时我们爷俩谈的也只是寥寥数语,但却能听听儿子的心里话,找找父子间融洽的切入点,平和儿子的心态,保持向上的动力。

俗语说:"喊破嗓子,不如做出样子。"每天应付的场合,能推就推,实在推不掉的也尽量不喝酒。儿子晚上学习,我也不闲着。找同事借来了初中的数理化,抽空学学酸碱盐,闲时读读函数圆。好在初中内容并不多且较为简单,当时学的还算扎实,虽然放下二十五六年了,但拿起课本顺着看一看还是能理解个大概。不到一个月,我已把初中的数学、理化看了一遍。儿子做的作业,我先检查一遍,做错的题,帮他分析分析出错的原因,看看有没有更简便的方法。

关键时候,儿子还是能知道轻重深浅。虽然有时也想上上网,偷偷懒,但玩的时间明显减少。学习也由原来的忽上忽下,变得逐渐稳定,并稳中有升。要求儿子的同时自己也受益了,酒喝得少了,身体好了;早早复习了初中知识,指导工作有针对性了;睡得晚起得早,磨炼了自己意志。最可喜的是中考时,儿子的成绩比最好的学校计划内录取线高出了三十多分。用儿子的话说,靠他的辛苦给老爸找到了面子。

今年国庆放假,儿子告诉我两件高兴的事,一是在学校运动会公里比赛中获得第二(25个班)。二是在文艺会演中自弹自唱的节目被选放到了校园网上。一时,其成为班中的红人,深得同学的青睐。说笑间,脸上洋溢着兴奋和自豪,神情中,透露着满足和自信。

有时,思考孩子的教育,儿子的初中生活虽然有一定的风险,但如果这风险换来的是健康的体魄、较好的艺术修养和良好的人际交往能力,特别是一生对待生活的自信,我们还有什么不可接受的。孩子发展需要活泼,但孩子学习必须紧张。关键是该紧张的时候,我们能否一起发力。

两年前,我和儿子一块上了初四。今年,我下决心再和儿子一块上高三。

2011. 10

读者反馈

孩子,是每一位父母心中的宝贝,是每一个家庭的希望,我们都希望孩子能健康茁壮地成长。在孩子成长的过程中,父母扮演不可或缺的角色,家庭教育和学校教育同样至关重要。面对自己的孩子,作者选择和孩子一起学习、成长,一起面对生活中的酸甜苦辣,给予孩子的是默默的支持与鼓励。多年以后,儿子定会理解当年父母的付出:我愿用我一切,换你岁月长留。

家有斗米，我先学电脑

八年前，我从一所农村中学调入区教委机关工作，由一个教书匠变成了一个教育管理者。工作环境的变化对于我来说所有的一切都十分陌生，工作不熟悉做不好，怕领导不满意；和同志相处时间短感情浅，怕同志们瞧不起，总想搞一点露脸的事情。斟酌来斟酌去，看到单位各办公室都配备了电脑，但真正会用的却不多，这时我便想到了学习电脑。

一向谨小慎微的我没有一点电脑基础，不敢直接上机练习，唯恐把眼前这神秘的电脑搞坏，惹出麻烦。听同事说"小霸王"学习机的功能和电脑的差别不大，于是便想买个学习机练习练习。

回家同已经下岗的妻子一说。要学习，妻子不反对，但一听说买个学习机需要385元时，妻子的脸顿时拉长许多。妻已经几个月不上班了，儿子才姗姗学步，长病生灾难以预料，全家三口人就靠我每月四百多元的工资。这月刚刚开始，买了学习机家中就余二十几元，这个月怎么过，万一有个特殊情况谁能不犯愁。从小就脾气不大、火气不高的我，性子却异常执拗，自己认准的事情，愣是要钻牛角尖。几番犹豫后，我还是从泪雨婆娑的妻子手中拿走了四百元钱。

买回学习机后，看着说明书插到电视机上，把键盘放在一个小椅子上，又找来邻居学电脑的小孩作老师，帮着入门后，从指法练习慢慢地学起。大热的天我坐在一个小方凳上，衣服脱得只留一件背心一个裤衩,一边放一本厚书、一杯清茶,从 F 摸到 R,从 J 摸到 L。从指法练习学到五笔打字,从一级简码练到四级简码。忙上忙下,总觉眼不够使,手不够用,恨不得立时多长几双眼睛,多生几双灵巧的手。看一会书,练一会键盘,练一会键盘,翻一会儿书。练的时间长了,常常手指不能屈伸,眼睛发疼发胀,站立时头晕目眩,衣衫中浸入的汗水轻轻一拧便淌下来,经常不知不觉中练到深夜。

买学习机余下的二十几元钱,妻子用五元买回了七八斤咸菜,幸好大哥从老家给送来了一袋白面,大人的日子总算有个着落。余下的十几元钱,零散给孩子买点东西也算凑和。怕就怕孩子生病,整日提心吊胆。好在老天不负苦心人,虽是粗茶淡饭,儿子一月平平安安。夫妻俩虽上顿咸菜、下顿咸菜,吃得舌尖上长满了口疮,但学会操作电脑的喜悦却常常不能掩饰。

八年来,我凭着从小练就的坚忍不拔的毅力,刻苦钻研,潜心练习,从一个一无所知的机盲到能熟练地运用 WPS、CCED、WORD、EXCEL;当别人还在手抄笔录时,自己成为单位最早用计算机写作的人,五六个小时拼拼凑凑,前加后连能写出一万多字的讲话稿;轻松地应用各种上报的统计软件,能把十多人干半个月的工作一天内准确无误地完成。慢慢地我在同志中树立了威信,渐渐地得到了领导的赞赏,从一个小小的科员渐渐走到了学校领导岗位上来。

天天走马灯式的忙忙碌碌,日日在繁杂的事务中往来穿梭。随着时间推移,很多事情在历史的长河中烟消云散,而每想起这件事感觉还像在昨日。个人受点苦受点累不算什么,但为人夫与人父执拗时的残忍却时时折磨着我的心。每当同人谈起这 385 元,常常泪水涔涔,每当想起这 385 元,一股酸楚常常从心中涌遍全身,为人夫与人父我亏欠得太多太多。

(2005.9 发表于《临淄教育》)

读者反馈

　　读完这篇文章,很感动于作者的执着,为了不输给自己,认准的事情愿意付出,并且坚持不懈地学习,正是因为这样的尝试,才有了成就被别人认可,那种苦尽甘来的滋味可想而知。作者用自己的经历证明:家是一个人成长的坚强后盾。凡事不论成败,只要经历就是成长路上的财富。

墙高基下　虽得必失

　　学校投巨资修建塑胶场地和看台，因是从征地、动工、预制、铺胶等一项项亲自参与其中，质量标准、坚固程度甚是满意。

　　去操场时，须先走过篮球场。篮球场是沥青场地，大概有十几年了吧，场地中间已经布满了五六厘米宽的裂纹，长短不一，纵横交错，裂纹间丛生了许多杂草。与新建的塑胶场地相衬，就像漂亮的女孩子穿了件红绿相间的花衬衫，下身却配了一条皱皱巴巴的旧裙子，很不相称。

　　学校本来就没有多余的资金，又加上辅助工程需要大量的补贴，想重建篮球场是不可能的事，但不整修一下，确实又很不雅观。于是和同志们反复考虑商量，资金算了又算，决定在现有场地上再铺一层沥青，然后等明年或者将来稍微宽裕后再铺塑胶。

　　派管基建的同志考察了外校的几块塑胶场地，对照比较，感觉问题不大。于是，找来施工队伍，先挖排水沟。施工中挖沟人员对我说：感觉原来地基中的灰土不均匀，有的地方一点石灰也没有。因是表面上只是几条裂纹，地基到底实不实，施工人员也拿不太准，我们更看不出。但是当摊铺机铺沥青时，由于当年雨水充足，地下储水又多，石灰少的地方，不时有车轮陷入地基，不能动弹。最后，只好感觉不行的地基就挖出来，再用水泥灰修补。怎奈面积大，在地下又不好发现，只好用人工的摊铺机，勉强把沥青铺完。即便如此小心，往里面搬运篮球架时，还是压出了两道裂痕，再铺塑胶自然成为一种不敢想象的奢望。

重修后虽焕然一新，师生也甚是欢喜，但因地基不实，后面再漂亮的设计也不能实施，感觉非常遗憾。回头再捧读范晔的"墙高基下，虽得必失"，才深知其意的深邃。

儿子高考时，英语成绩不太好。事后，我和他分析英语成绩不好的原因时，他说：上初三时，换了一个不太喜欢的英语老师，没有学英语的兴趣，自然成绩也就落后了。初四和高中时，虽然采取了措施，成绩也略有提高，但英语学科始终成为学习的短板。

学校安排我包管英语教学，对于只是高中学过英语的我来说，是一个莫大的难题。怎奈，领导干部中懂英语的确实也不多，同志们安排我工作，也不好推托。于是，便叫上一位原来做过英语教学的教务工作人员陪我听课。让她听老师，我负责观察学生。听课坐教室后面的时间比较多，周围英语不咋样的学生自然也多，我经常问他们同一个问题：你英语什么时间落下的？几乎所有的同学都是相同的答案："初三""初三"……

同事们交流，常常谈到初三学生难管。学生逆反心理严重，学习成绩两极分化，初三成了好多学生难以逾越的一道坎。分析来分析去，总感觉与英语教学的安排有很大的关系。

自感才疏学浅，便找来多年带初四英语的老张同志请教。老张听后说："校长，这个原因也不是我们一个学校的原因，五四学制的学生都这样。初一、初二的英语相对简单，而到了初三英语上了一个大跨度，容量加大，单词增加，初中学段语法共有五六个重难点，而初三上册的教材就有四个。说实话，上了初三自觉一点的学生还能跟一跟，稍微不自觉的学生就肯定被打蒙。"

我说："用什么办法解决呢？"

老张说:"关键还是一个时间的问题,再多加一节课让学生巩固一下,效果就会好些。但怎么加时间呢?你看,现在初三有史地生政四课结业考试,学生心情紧张;增加了理化两门学科,学生时间紧张。一周三十五节课,科科紧连,节节排满,学生太累了,没有时间。"

"噢……",我陷入了沉思。想想天天找分管校长要求加课时的老师,再给英语加课时,只能冒着被处罚的危险,违反省规范办学的规定,只好作罢。

新学期第三周,有事和一名初三的英语老师交流。顺便问了句:"最近学生怎样?"

老师说:"好多学生都放弃了。我也被逼得要放弃了。"

"怎么回事?"我紧张地问。

"课赶不动呀。课文讲了,回过头来一提问,有一半的学生还是不会。"

"是不是进度快呀?"

"进度是快了一点,我们按区里统一的进度,一周半一个单元,到期末考试正好讲完。没好办法,要适应学生,就讲不完课,要讲完课,就得放弃一部分学生。"老师很肯定地向我说道,同时也好像是在让我做一道选 A 或 B 的选择题。

送走老师,找来分管领导和备课组长。我把篮球场的遗憾和初三学生英语学习的担心一一向同志们说了,问大家怎么办?

同志们想前思后,最后为我做了选择:宁愿课程后移,也要适应学生。

智者千虑,必有一失,但教育上的亡羊补牢,肯定是下之下策。

2013.10 写于辛店

读者反馈

1. 作者由学校中的一项工程引发对学生学习的思考,可以看出作为一校之长心中时刻有学生,学校的发展最终在学生身上体现。初中不是学生人生的起点,更不是人生的终点,初中是学生一生中不可或缺的人生驿站,如何帮助他们获取更多的知识,不要自我放弃,这是一个课题,需要我们每个人去思考,学校正确引导还是弃之一边,或许孩子的成长会因之而有不同的结果。

2. 由篮球场的遗憾,引发对初三学生英语学习的担心。日有所思,夜有所梦,触景生情,娓娓道来。文笔清丽流畅,说理明白无碍,兼具感性与理性之美。

文字透着社会学味道,又给读者带来了几多思考。

学生欺负我

周一,开初一级部老师会,我提醒老师们对初一的新生一开始就抓严,小孩子们也是软的欺、硬的怕,开始抓不紧,以后可能费好多劲,还不一定有好效果。

中午到食堂吃饭,走过老师的饭桌时,听老师们窃窃私语说:"小老头来了,小老头来了",边说边嬉笑着。

我认为老师们闲聊,也没在意就过去了。

打上饭,端到嬉笑的老师桌上,我问同龄的老王说:"什么事这么高兴?说说也让我高兴高兴。"

大家一听,都看着我哈哈大笑起来,弄得我丈二和尚摸不着头脑,连忙摸领抓头,生怕衣服系错了扣子,或者头上落了什么东西。

老王说:"校长,你还不知道吧,你班的学生给你起外号了,叫你小老头。"

"小老头?"我满脸疑惑。

"那天,语文老师老聂问学生来了两周后,感觉哪个老师厉害,哪个老师好欺负?学生说老师都很厉害,就是感觉上政治课的小老头好欺负点。"我听后哑然失笑。

孩子们刚入学,除去军训才上了两节课,我也没有介绍自己姓张而且还是校长,再说现在的孩子习惯了对老师的称谓,班主任叫老板、上地理的叫地理老师、上生物的叫生物老师,见面也是地理老师好、生物老师好,况且自己虽然感觉青春不老,但这帮学生中有很多是我教过学生的二胎的孩子,因此给我起一个好记的绰号,也没什么奇呀怪呀的。只是周前会对老师的提醒,不知不觉中,自己倒是先中了枪。

晚上查自习,我问课代表,我的作业收得怎样了?课代表说,大部分同学都交了,只有韦栋等四个同学没交。

我问:"他们为什么没交?"

课代表说:"他们问如果不交的话,对他们有什么处罚?"

学生刚入学就想从规则中寻找偷懒的理由,这是我从教近三十年来第一次遇到的新问题。

我一时语塞。怎么处罚?我整天大会小会向老师讲:严禁体罚或变相体罚学生。当然,学生自己愿罚也不能体罚。想了想,真找不到最妥当处罚学生的方法,还是找学生来谈谈吧。

我说:"那好吧,你让他们四个拿着作业,晚休前必须交到校长室。"

听说我是校长,三个同学乖乖交了作业,并表示今后一定按时交作业,只有韦栋拖拖拉拉,做得也是半截邋遢,但不管怎么说总算是催上了作业。

现在的学生打不得、骂不得,说教也只是一阵风,过后就忘。总这样催作业也不是办法,更可怕的是给孩子养成不叫不动弹的坏习惯。

于是,给学生规定:小组长收作业要记好没交作业同学的名字,课代表把没交作业的名单交给我,我亲自催。一次不交作业,总评成绩扣一分,四次扣五分,并通知家长。不但要做,还要求学生答题一定要写"答"字,开头要空两格,大小适中,认真规范。催过几次后,学生的作业越来越好。

上课时，只要不需要板书，我都站在学生中间讲，我还特别关注学生自己选出的"四大天王"的表现，有时摸摸他们的脑袋，有时捏捏他们脖子，作为上课走神的提醒。

期中考试后，我开始用平板上课。学生先看书，再用平板反馈自学的情况，做得好坏当场知晓，我讲的也是联系实际的小故事，学生们恨不得多听一遍，一节课下来，学生们忙得够呛。用平板上课的新鲜感刺激着孩子的神经，他们在校园里碰到我，常常追着我问：什么时间上政治课，用不用平板？

忙起来的孩子，再也没有时间欺负我了。

2016.2

读者反馈

1. 记得李希贵曾说过："不要像一般人一样生活，否则你只能成为一般人"。把这句话反过来说，也许会更清楚：如果你想成为不同一般的人，你就不能像一般人一样生活。对于教师而言，每天面对的学生会有不同的表现，或许心中有些倦怠。针对学生的不同表现老师运用不同的教育智慧去解决，这才是可贵之处。其实尊重孩子也是在尊重自己，将平凡小事做好就是伟大，多年以后在孩子的心中会成为永恒的回忆。文章幽默的语言背后渗透教育的真谛，每个孩子都是一颗花的种子，只不过每个人的花期不同。相信孩子，静等花开。作为教师的我们同样会收获满满的幸福！

2. 发现问题后，没有用校长的威严来打压、强制学生学习，而是针对问题找到解决问题的方法，让学生在潜移默化间，不再欺负校长，还受到学生的爱戴和喜欢。通过使用电脑、讲理论联系实际的小故事，让学生爱上自己的课堂。张校长这种善于反思、慈善爱生、认真备课的精神和做法，我也是醉了。为您点赞！

学生韦栋

初一第一次作业,催了两次,全班只有韦栋杳无音讯。

第二天,碰上班主任小周,我问韦栋这个学生表现怎样?

小周说:"张校长,你是问作业的事吧?不光你的作业,哪个老师的作业他也不交。为这事我已和他家长联系过了,家长说在小学就没做过作业。听那个话,家长还不太配合。"

下午,有我的一节课。刚准备完课,小周领着韦栋的奶奶来到我的办公室。老太太六十多岁,走路有点摇摆,虽满脸堆笑,但隐藏不住一副无奈和惊慌。一串硕大的白色珍珠项链配在宽松的人造棉衬衫上分外醒目,虽不相衬,但一看就知,为了出门肯定特意装扮过。

安顿老人坐下后,我问:"韦栋不做作业,家长知道吗?"

老人说:"知道,从小就不做作业。他爸爸在煤矿上班,挣不着钱吧,还没白没黑。我在城里给人家打扫卫生,早走晚回的。他亲妈跟别人走了后,他爸又找了个对象,人家还带个小姑娘,他又不听话,后妈也没法管。"

一听,又是一个特殊家庭,讲道理都懂,但真做起来,却有万般无奈。

我问老人说:"听班主任讲韦栋经常装着钱,你们怎么能给孩子很多钱呢,初中的小孩钱多了容易出问题。"

老人说:"俺哪有钱给他呢?村前有个小池塘,周六他就去钓鱼。

钓了鱼,就拿到南边楼区卖,有时挣个十块、八块的,大部分给我买药了,可能余个三块、两块的。"

"噢…"老人的话让我陷入了深思:每个人都有光泽鲜亮的一面,只是我们接触还不够,了解还不透,孩子更是如此。

我说:"老人家您既然来了,下节我上课,您去看看孩子上课怎么样吧?"

老人家跟着我来到课堂,就坐在孙子的后边。

这节讲《人最宝贵的是生命》的拓展课,和学生的实际联系较密切,学生自主思考,合作讨论,展示发言,初一的学生很愿意表现自己,课堂气氛异常活跃。

有时,也让韦栋回答个简单的问题,但他站起来就是不说话,急得他奶奶在后面直跺脚。最后,我实在没办法了,找了一个话题,让他读一下,他读了半句就不读了。让别的同学读给他听,再让他读,还是读不下来。只好让其他同学读,他跟读,勉强给了我一个让他坐下的理由。

上完课,和老人家一边走,我就问她:"你感觉怎么样?"

老人家已没了原来的紧张,很干脆地说:"不行,确实不行,他不像人家孩子那样争着说话,看来他啥也不会。"

我说:"小孩子自觉性差,需要大人管,不但学校要管,更要家长配合着管。你管还不行,得他爸爸亲自管。"

老太太爽快地应着,说一定让他爸爸管孩子。然后踮着脚尖,晃晃悠悠地走了。

我和小周说,同任课教师讲讲,韦栋在学习上可能落下了,就不要同其他同学一样要求了,多给他布置点抄写性作业,做一点是一点吧。自此,我不再布置课后作业,作业都是当堂完成。在我的严格监督下,韦栋多少的也能做点,交作业已不是问题。

国庆节放假,我站在校门口送学生们离校。见一男同志领着韦栋出来,我问:"你是韦栋的爸爸?"

男同志站下说:"是呀。今天来听家庭教育报告会,听了后,感觉确实做得不够,很受教育。"

"你母亲回去和你说了吗?"

"说了。以前没上心,现在有点晚了,最大的麻烦就是现在他还不认字。如果能认识字的话,可能好点。不过现在有进步,知道回家做作业了。"

如果初一的孩子从识字开始教,我们确实难有更多的精力,但在韦栋身上已谈不上知识和分数,最重要的应该是个人品质和规则意识的培养了。

周一,给学生讲"尺有所短,寸有所长",从同学身上找优缺点。找到韦栋时,有的同学嫌他上课不专心,惹老师生气;有的怨他回答问题不积极,老是给小组扣分;有的说他在宿舍爱说话,影响同学们休息……韦栋两眼呆滞,茫然地望着对他指责的同学。

眼看课堂就要开成批判会,于是我马上制止了同学们,给同学们讲了韦栋的家庭,讲了韦栋钓鱼的故事。听后,同学们先是惊愕,继而爆发出热烈的掌声。

周五放学,看完期末考试的试卷,我走到办公楼的东头,看见韦栋一人在清扫卫生。我问他怎么自己干?他说其他同学离家远,让他们先走了。

我摸摸他的头要离开时,他抬起头望着我说:"老师,政治考试,后面的题我都背过了,但是有些字我不会写。"

我说:"没事,今次考试得了 23 分,比期中考试提高了 10 分,你是我们班进步最大的同学,老师很满意!"

听后,韦栋拿起笤帚飞快地扫起地。

2016. 2

读者反馈

1. 这孩子心地善良,孝敬懂事,是个好孩子。只是小学基础落下了,很难补。只能牵着蜗牛去散步,慢慢来。作为教师,我们得接纳学生的多样性,耐得住寂寞,静等花开。

这孩子在家里缺少爱,庆幸遇到这么好的政治老师,允许他慢慢进步,并给予他关爱和鼓励。这是孩子之幸,这个家庭之幸!

一个孩子,不管有多弱,只要他知道上进,具有良好的品质,就会健康的成长。这也是进入社会后的必备保障。比学习更重要!

教育的最高境界是慈悲为怀。您做到了!

2. 读完这篇文章,心中有些酸楚,其实每个孩子都是一个个体,都有自己的特点。每个孩子的身上都有家庭环境的烙印,关心孩子的家长不仅要关心学习,还要关注其心理的发展,这是最高层次的。作为教育工作者,我们改变孩子的一生比较难,但是能从细节关心孩子,得到家长的配合,帮助其健康成长是义不容辞的责任。

种瓜得瓜，种豆得豆

学校合并之初，东南角墙外的路边有一堆附近村民放置的垃圾，每到上级有什么检查，就要清扫一次，每次的人工费、运费和环卫所要的处理费就要几千元。尽管立过提醒的标志，也让人对村民们进行劝说，但只管几天用，过后标志也被折断扔进了垃圾堆。每当走过此处，臭烘烘的味道让师生只能掩鼻快跑。

第二年，我和同志们商量，学校彻底清理一次，然后把校南边的路承包给附近的一位老农，每年的钱仅相当于一次的清理费。

老农除了每天清理一次路面外，在原垃圾堆的位置深翻，清理出砖头瓦片，种了几畦大豆，周边栽上了南瓜，秋后收了大豆、南瓜，煮熟后送给老师们尝鲜。更让我们欣喜的是学校周边再也没有了垃圾堆，更没有了整天臭烘烘的味道。

好几年没上课了，新学期安排了两节《思品》课。周一第四节课后我抱着学生的作业本下到一楼，正好碰上要去吃饭的历史老师小于。小于教学业务强、成绩好，经常有文章在国家级重点刊物发表。

打过招呼后，小于说："张校长你搬的是学生作业本吗？"

我说："是呀，这是学生当堂完成的作业。"

"张校长，学生交这样的作业本我是不让的，我起码让他们到印刷厂买一样的作业本，而且作业本还不能卷边。"小于说话很有水平，平时干脆利落的她虽略显吞吐和闪烁，但给足了我面子，策略地点出了我的不足。

我一看搬着的一摞作业本确实白、黄、灰的颜色相间，几个卷了角的本子钻出了头。

虽然点头认可小于，但考虑增加学生的费用，也就应付了一个学期。因对学生小事要求不严，训练也不到位，学生的成绩总是很不理想，特别是后面的问答题，由于学生书写潦草、格式错误，会做也扣很多分，班级成绩一直不好，搞得自己非常没有面子。

第二年，我又接了一个新班，听从小于的提议，先让学生统一配备了整齐划一的作业本。第一节课就对学生的作业提出要求：做题要写"答"字，首行要空两格，书写大小匀称，页面漂亮美观。

首行空两格，虽是小学就要学会的内容，但大部分学生做不好。统一要求后，个别学生不会，当面指给学生；多数学生不会，用幻灯片显示给学生，一遍不行两遍，两遍不行三遍，学生改不了绝不放手。

宋晓佳是个内向的小姑娘，说话虽细声慢语，可课上发言展示积极，第一次考试刚刚及格。我拿到试卷一看，宋晓佳的字写得如毛张飞，两行字占了半页纸。我就选了几张满分试卷展示给学生，又不点名地展示了宋晓佳的试卷，让同学们进行对比。并单独找到宋晓佳，告诉她书写大小的比例，间隔要匀称，不能字大如牛，写两行就偏出答题纸。

放学值班，正好碰上宋晓佳的妈妈，我告诉她考试要有好成绩，书写不能忽视。初一重点是培养孩子的习惯，家长也不能放松。

宋晓佳也懂事，字虽写得不好，但开始注意大小比例，一笔一画，仔细认真。上课时，我拿着宋晓佳的作业，前后对比展示给同学，表扬她的进步，增强她的信心。她进步很快，期末考试得了八十多分。因为重视了书写，班中每次考试都有满分试卷，全班的考试成绩虽不是最好，但也不再垫底。

面对学生,我经常想知识固然重要,但学不会可以弥补,如果错过了好习惯养成的时机,会贻误终生。可谓是好习惯成就好人生。

学生的心灵犹如学校路边的空地,它永远不会空置,不是正向占领,就是逆向占领。逆向是臭不可闻的垃圾堆,正向则是种瓜得瓜,种豆得豆。

2016.2

读者反馈

习惯源于细节,细节造就成功。不愿做平凡小事,就做不成大事,因为大事往往是从一点一滴的小事做起来的。一块废弃地因有心人让它焕发生机,一个小要求因为教师的坚持与监督让孩子有所改变。文末的最后一句可谓点睛之笔,教师的魅力,不是靠"教师"这个招牌,而是心中有学生。一个期待的目光,一个鼓励的微笑,一个习惯的养成都会融入学生的心灵,滋润学生的未来,成就学生的人生。

一句话的事

二十世纪七十年代中期,刚上小学的我,周末除了玩没有任何学习的东西。母亲可能是为了让我帮她拿点东西,也是为了看着我,避免在村中疯跑,让我陪她去一个叫铁石车辆段的厂区卖鸡蛋。

当时,村村办学校,农村孩子除了少有的走亲访友外,很少有离开小村的机会,能到村外看看、玩玩,特别是能到十几里路外的车辆段玩,对于我来说是件再兴奋不过的喜事。

鸡蛋是母亲前天到周围村里收的,天还黑着我们就离开了村庄,同去的还有福堂婶。母亲和福堂婶一人挎个竹篮,每人不过八、九斤鸡蛋,偶尔我也帮着拿拿秤。鸡蛋大都是按个卖,用秤的情况并不多,因而拿一杆秤也只是为了应付个别按斤称的人。

太阳爬过远处小山顶时,我们到了车辆段。生活区贴着小山包的东北坡修建,房子又窄又矮,围墙和房顶都是用木架做框钉的油毡纸,又黑又硬,太阳一照,开始散发浓浓的煤油味。

生活区的东边有条宽一点的土路,碾碎的浮土已没过我的方口布鞋。母亲和福堂婶找了个路口蹲下,开始忙着招呼来往的工人。我没事可做,母亲指着高处的一块大石头,对我说:"你到上面玩玩,等着我,可别走远了。"

离开吵吵嚷嚷的人群,自由自在地玩玩,更是我求之不得的趣事。于是,我沿路向上爬,路的西边有个水泥小池,人们一拧小池里镰刀样的铁管,里面会"哧哧"地喷出水,这就是后来再熟悉不过的自来水管。一个腰系花布小围裙、又高又胖的女人在铁管旁,使劲地往池里捣着拖把,拖把的撞击声,夹杂着水管的"哧哧"声吸引着我,生发许多好奇和不解,这个细管中怎么会这么多水?轻轻一拧,水哧哧地喷;又一拧,水就停了?瞅来瞅去,想了又想,就是弄不明白。周围没有认识的,也不敢问,带着不解继续向上爬。

大石头立在路的最高处,土石路翻山向南边的炼油厂延伸,石头向西向上还有一片油毡房。

爬上大石头,东边山下有条南北马路,远远望去,蚂蚁般大小的人来来往往,自行车在人身下也只是影影绰绰,偶尔开过的大卡车更让我惊愕,第一次知道世上还有不用牛马拉的大车。往北望去,返青的麦田一望无际,在麦田的葱绿中,稀稀落落点缀着一片片树,树的中间掩映着一个个村落。顺着我们来的路,便能看到远方模糊的家。

我正左右张望着,捣拖把的女人领着一个扎马尾辫的小姑娘从西坡的生活区扭着身子走下来。来到我面前,小姑娘左手对我一指:"妈,你看,这里有个小要饭的。"

顿时,我的脑袋轰然一炸,热血沸腾,握紧拳头,满腔怒火地瞪着女孩。拖把女人看了看我,拽了拽小姑娘,在我充满愤恨的怒光中没有任何歉意和愧疚地向山下走去。

我长得确实不佳,呆头呆脑、带有土生土长的拘谨和木讷;穿的确实不好,满身的衣服都是哥哥旧衣改制的;我知道的确实不多,没见过汽车,连自来水都弄不明白,但这对母女对我的羞辱是我人生第一次也是最大的侮辱,女孩的一指、女人的一拽定格为我铭记终生的底片。

回家的路上,母亲不知道我心中的怒和恨,边走边教我指认路边的野蒿、苦菜……到现在我也没记住多少野菜、野花,悄悄默记在心的是小姑娘的一指、拖把女的一拽。虽可能是小姑娘的幼稚、拖把女的不屑,而对我来说却是永不停歇的源泉和动力。

前几天,开人代会,同团的徐晓光是经营钢材的企业家,虽三十岁出头,每年营业额达二十多个亿,是响当当的纳税大户。知道我是校长,找我诉苦说:"你们当校长的,可要教育好老师,说话不要伤害孩子。"

我问:"怎么回事?"

他说:"我上学的时候可能比较惹事,有次老师在全班同学面前说我,告诉你——徐晓光,你走出学校这个门,必定要走进另一个门——监狱大门。"

顿了顿,他又说:"当时心里特别难受,恨不得一拳打倒老师。"

我无言以对。古人尚知:士可杀不可辱。现实生活中,权不在大小,财不在多少,任何人都有对别人批评的权利,但绝没有侮辱别人尊严的资格。

回到家打开电视,正在播放郭冬临、牛莉表演的小品《一句话的事》。郭冬临说:"一句话能成事,一句话也能坏事,一句话产生一个和谐的社会。"

此言,令人回味无穷,受用终生。

2016.2 写于辛店

读者反馈

1. 你现在还有恨吗?有时我们不经意间的一举一动,都会不小心伤害别人敏感的心,何况是口无遮拦呢!发生在身边的人和事,都是来成就你的,无一例外。那对母女,成就了你。幼小心灵自卑的底片,使你发奋图强,永不停歇。问世间,有多少人不自卑呢?证明给别人看不如证明给自己看。自卑变自信,需要源泉和动力。由此说,那母女是来成就你的。放下恨,感恩她们吧。

2. 一句话可以让一个人奋斗一生,一句话也可以让一个人颓废一生,这就是语言的力量。世上最重要的事,不在于我们在何处,而在于我们朝着什么方向走。前苏联的马卡连柯说:培养人,就是培养他对前途的希望。身为教育工作者,语言的魅力可以体现人的学识与修养,只有智慧的语言才有魅力,可以使学生对你产生好感、重视甚至敬佩。

教育的成功在于尊重

教育家艾玛逊指出:"教育的秘诀在于尊重。"人无论尊卑长幼,高低贵贱,都有人格尊严。成人尚需要尊重,何况十几岁的学生?

"文化大革命"前,正是生活困难的时候。某校的赵老师总喜欢不咸不淡地讥讽学生。班中有一学生叫杨春,父亲早亡,母亲一人拉扯着三个孩子。因为贫穷和孩子多,母亲对孩子的衣服缝补不及时,杨春棉裤的裆中常常露出棉花。有一年,开运动会选拔运动员,赵老师当着学生的面开玩笑说:杨春,你去开运动会吧?杨春说:俺个子矮跑不快,俺不去。赵说:跑不快,你裤裆中夹着"风车"跑不快吗?

顿时学生哄堂大笑,杨春红着脸背起书包离开了学校。"文化大革命"中,赵老师因为讽刺贫下中农子弟而被开除。

中国有句古话:笑懒不笑贫。尊重别人,理解别人是做人最基本的品质。作为教书育人的文明使者,当着学生的面开如此荒唐的玩笑,诋毁别人的人格,实在让人不敢恭维。

生活中,和朋友接触,常常听到稀奇古怪的故事。有的小学生回家问家长:"妈妈,今天老师说某同学是木头脑子,木头脑子是什么样脑子?""爸爸,今天老师说我是笨蛋,笨蛋是什么鸡下的?"听后,简直让人哭笑不得。教师面对的是国家和民族的未来,说话没有把门的更不行。"龙生九子,九子各不同",有的学生反应快,有的学生反应慢是自然所在,人人都成为杨振宁、丁肇中是不现实的。因为学生反应慢就责备、挖苦学生,而且在学生中公开传播脏话,就更大错而特错了。

星期天,在学校门口接孩子。两小女孩边走边说:现在的"老板"可好了,对人很平和,没有架子。不像以前的班主任整天一幅吊丧脸,看着就够,学着也没劲。

当时,我就想:其实学生对教师要求并不高,就希望面对的是一张灿烂的笑脸。教育管理中常喊"三份教七份管",在这"七份管"中,不但包含着批评、教育,更重要的还应该是尊重和关心。现在的学生都明白学习不是给父母学的,也不是给老师学的,但他一旦喜欢一位老师,就会自觉不自觉地喜欢老师所教的学科。"亲其师,信其道"应该就是这个道理。

9月16日的《中国教育报》登载了一个"'粗口女生'许丽"的故事,看后很受启发。一个年轻教师竟然能把一个开口叫教师"有屁快放"的女生教育为说话温文尔雅的姑娘,忍耐是一个方面,走入学生的心灵,了解孩子的环境,不失时机地关心和教育也是一般同志所不及的。

生活中不是没有美,而是我们没有发现美。一棵树如果花不鲜艳,也许叶子会绿得青翠欲滴,如果花和叶子都不漂亮,也许枝干会长得错落有致……直木做梁,弯木做犁。万事万物,离开谁都能存在,但缺少了谁,都不是一个完整的世界。

思来想去,讲得再好也不如陶行知老先生的话精辟,"你的教鞭下有瓦特,你的冷眼里有牛顿,你的讥笑中有爱迪生"。

要做个学生喜欢的老师,还真不容易。

2006.9 写于辛店

读者反馈

每个孩子都来自不同的家庭,每个家庭环境不同,所以每个孩子的秉性也不同,教育孩子不是靠武力征服,而是需要教师走近学生的心灵,让学生能够信任老师,才能尊重老师,这样的师生关系是融洽的,也是和谐的。作者列举多个事例,是在呼唤教育者对学生要热爱、理解、尊重,这是教育取得成功所必不可少的最起码的条件。

降龙十八掌

降龙十八掌，最早听说于金庸武侠小说《天龙八部》。听说是一种极厉害的武功，气势雄伟、刚猛无双，和打狗棒法一道并称丐帮帮主的两大绝技。

上网搜索，郭富城有首歌也叫《降龙十八掌》：好功夫招式基本都老套，大世界人天天谈剑道，总不比当天师长所馈赠一套，降龙十八掌，人人如求生要自强，定要懂得这伎俩，才能完全没痛苦作栋梁。

偶闻，某校学生王龙，因上操时说了一句话，便被班主任叫到办公室，先是劈脸两耳光，还不过瘾。班主任嫌王龙个头高，自己又有颈椎病，叫王龙蹲下，又是左右开弓，总共打了十八掌。

听后，甚是叹服！

班主任那么瘦小，一次在孩子脸上打十八掌，可别累坏了有病的身体？

医生摸着孩子肿痛的小脸都气愤地说：这老师还想不想干？

十三四岁的孩子，细皮嫩肉的小脸，承受十八掌，即便皮肉能受了，不知道心灵一辈子能否承受？

……

回家问自己的儿子：老师体罚过你吗？

儿子很爽快地说：体罚过。但我们老师牙咬得很狠，拳举得很高，落到身上很轻。"

儿子边说边做着挨打的样子,我和妻子都会心地笑了。对儿子的老师没产生反感,反而从心底很感激老师真心地对待犯错的儿子。

古人云:老吾老以及人之老,幼吾幼以及人之幼。为人儿女,做人父母,也应常怀律己之心,爱人之责。

体罚的问题,多年来始终不能解决。好多人不惜遭受通报、处分,甚至扣发工资,也要赴汤蹈火。当一巴掌给学生打聋一只耳朵,一巴掌打歪了孩子的嘴巴时,已经不是处分和丢工作的问题了。

调皮是孩子的天性,人家孩子是这样,我们自己的孩子也是这样。学生又不是阶级敌人,更不是犯罪分子,面对犯错的学生时,老师的火气可要压一压,打坏了可是终生遗憾。

教师举起的大手,不是武打小说中刚猛无双的"降龙十八掌",而是求生自强的"伎俩"。

2008.8

读者反馈

作为教师,更多时候需要冷静处理突发事件,师生关系一直倡导平等,优秀的教师善于化干戈为玉帛,善于抓住教育时机,进行震撼人心的教育。让学生能体验到自由、民主、尊重,同时也能受到激励、鞭策、鼓舞等,从而形成积极的、丰富的人生态度和情感体验。古人云:老吾老以及人之老,幼吾幼以及人之幼。文中用幽默的语言提醒教育工作者,教育是一种智慧的体现,多向别人学习,用巧妙的方法解决问题会让学生更喜欢自己。

感悟聪明

朋友的小孩刚上小学一年级,多次打电话邀请我吃饭。推辞不过,只好赴约。菜摆满桌,酒过三巡。我问朋友:啥事?朋友说:小孩从小聪明好学,刚刚上学已数数过百,识字过千。请我看看有什么妙计让孩子学习进步,成绩优异。

听后,让才疏学浅的我很是难为。无奈,"吃人家的嘴软,拿人家的手短",朋友希望我拉拉,我就得硬着头皮吹吹。酒壮"吹"胆,绞尽脑汁后,我想起了爱迪生曾说过一句话:天才是99%的汗水加上1%灵感。

在村里上小学时,恰逢一位十八九岁的回乡知识青年当老师。老师从南方大城市回来,讲一口流利的普通话,能歌善舞,能说会道,倍受村里人的尊重和钦佩。再说她对孩子有一种超强的亲和力,因此我很喜欢老师,心无旁骛,一心学习。过年,村头张贴的红榜上,我常常高居榜首,全家很是高兴。

星期天,几个同学常在长华家做作业。在乙烯工厂当工程师的长华爸爸不时出些算术题考考我们,像兄弟仨分19头牛、井绳折三折测井深等,我都能比其他同学较快给出答案。长华爸爸常常摸摸我的头夸我聪明,说将来一定有出息。小学升初中考试,我又是村中第一,父母、兄弟都认为我天生聪明,考学、当工人、住大楼很有希望。

出村上初中,优秀学生多了,自己没有了心理优势。上课私心杂念、纷繁交错,心有所系、神有所属。夏天捉鱼摸虾,冬天逮鼠拿雀。理科不做题,文科不记忆。即使考试偷偷摸摸地往里面掺水,成绩也是一落千丈。虽然心不在焉,但在大人面前还是常常摆出一副冥思苦想、刻苦努力的样子。老师和家人看着考试成绩,感叹这孩子脑子笨,靠用功白搭,上完学还得回家种地。

勉强考上高中,物理课上的加速度就是搞不明白。有时也怀疑自己的智商,是不是像老师说的:烧火糟烂,顶门弯弯,朽木不可雕也。

高二分文理科,我选择了人人都不愿意学的文科。谁料,哥哥出交通事故重伤,老母亲孤身一人供济上学很是艰难。从内心说,再不好好学习,天理难容。上课开始记听课笔记,凝神聚力。饭后,别人去散步了,我拿着书,把老师讲的再读读记记。晚上,别人都睡下了,我再回忆回忆老师一天讲的知识点。每天都记反思日记,回忆一天中哪些做得好,哪些做得坏,日有所取,月有所获。成绩自然也渐有提高,好多从高二插入的复习生也排在后面。同学们在背后议论说:这小子真聪明,老师提的地理问题,他竟然记得一字不差。

天天走马灯式的忙碌,日日在繁杂的事务中穿梭。从一个懵然无知的少年,渐渐步入不惑的中年,考试考烦了,选拔选腻了。四十岁了,也没闹明白自己是聪明,还是糊涂。既没有"天上掉馅饼"的艳遇,也未有不劳而获的福分,明白的只有一条:天才是99%的汗水加上1%灵感。

朋友听后,端起酒杯一饮而尽说:"我明白了。"

2006.8

读者反馈

文中的作者用自己的亲身经历给我们上了一课,人生每天都在不断自我挑战，迎接每一天。"人之为学有难易乎？学之，则难者亦易矣；不学，则易者亦难矣。"多数人都能从中体会聪明与愚笨的真正区别。成大事不在于力量多少，而在能坚持多久。要改变命运，首先改变自己。

别让期望压垮孩子

早上值班,到食堂吃饭。

初一级部主任端着饭找到我说:"张校长,你上周说的那个学生昨天晚上要跳楼。"我的筷子在手中一抖,掉到了桌子上。

上周,我的一个老学生给我打电话,说她的孩子在我校初一上学,学习不太好,家长很着急,看看能否和班主任说说给孩子安排个班委或者小组长,给孩子点激发学习的动力。

听后,感觉好笑。但还是和她解释说,班委现在是民主选举,选上选不上,是同学说了算。小组长要指导全组同学学习,其他同学不会的问题要由小组长负责讲解,学习困难的同学难以胜任。虽未拒绝,也没有答应。但不管怎么说,受人之托,过问一下总是可以的。因此,我就和初一的孙主任打了个招呼,请他注意一下这个学生。

孙主任一说学生要跳楼,着实吓了我一跳。

忙问:"怎么回事?"

孙主任看我受了惊吓,接着说:"他爬上窗台,一条腿耷拉到了外面,待了一会。别的同学劝他下来,想了想又回来了。"

听说没跳,我悬着的心这才放下。

"为啥呢?"

孙主任说:"问他,他说自己很倒霉。到食堂打饭,不知道什么原因,饭卡打不出钱;回到教室,吃苹果,咬出了一条虫子;喝水时,杯子歪得急了,洒了一身水。又加上一个同学问他吃饭了没,他认为同学嘲讽他。他就和同学说自己很倒霉,爸爸在外地工作,妈妈又整天骂他,说他学习不好,不如条狗。想了想还不如死了好,于是,他就爬上了窗台。"

"你们怎么处理的?"我问。

孙主任说:"昨天晚上,就把他的家长找来了,做了学生的思想工作。然后让家长把他带回家,再和他谈谈,说是今天上午把孩子送来。"

我说:"这样吧,家长来的时候,我再和家长谈谈。"

孙主任应着。

上午,送完外来的客人。就接到了孙主任的电话,说家长来了。

回到办公室,忙问家长:"和孩子谈了吗?有什么想法?"

老学生双眼含满了泪水说:"张老师,以前是我不对,我的确是太能骂孩子了。"

我半开玩笑地说:"是亲生的吧,是学习重要,还是生命重要?"

老学生讪讪一笑。

"我对象在宁夏打工,我在外跑装修。没能靠上管孩子,在小学时学习就不好。上初中了,我怕再跟不上,管得急了点,出了这么个事。还好,这真是万幸中的万幸。"

我问:"你怎么管得急了?"

"的确是好骂他,想尽了办法教他学习,就是撵不上。上初中后,数学、英语我又不会。给他报辅导班,一对十的还不去,专门给他挑的一对一,我不怕花钱。两个班接送,风里来雨里去,我不怕受累。但考试还不行,想想就骂他。"一边说一边挽着从脖颈上垂下的围巾。

我说:"周六安排了两个班,占了一整天?"

"是呀!"

"学校是一个集体,学习有纪律、睡觉有规定,吃饭有要求,在学校管得严。一周休息两天,你的辅导占了一整天,周日有半天做一做作业,半天准备返校,十一二岁的孩子正好是贪玩的时候,你安排得孩子整天像绷紧的发条,两三个月没有休息的机会,还要挨打受骂,能不烦吗?"

"俺两口子这不是考虑,一辈子最后悔的事就是上学时不听老师的话,没有好好学习。我们不可能有机会了,就是希望孩子好好学、考大学、干公务员,就是考不上大学,他舅舅在兰州军区,当个兵考个军校也比我们强。谁想到……唉!"伴随着一声长叹,满脸的失望拧紧了她的额头。

我说:"你们做不到的事,为什么非要孩子做呢?家长的愿望都是好的,但真做起来就不那么容易了。我曾给儿子立下宏大志向,但愿望总是随着孩子成长的时间而逐渐冲淡,现在我才明白,最直接、最现实的还是做一个普通人。"

顿了顿,我接着说:"听我的,不要给孩子压得这么紧,最多上半天的辅导班,给孩子点玩的时间。叫你对象回来,不能总责怪孩子,要多和孩子交流。不管能否做到,硬逼硬压,逼急了就会适得其反。"

我转了转身,和一块过来的孙主任说:"孩子平时在校,和班主任也要多关注一下,多注意孩子的优点,让孩子树立信心。班会中要渗透忍受挫折的教育,让孩子能承受生活中的风风雨雨。"

这时,午饭的铃声响起,学生家长站起来,带着我的劝诫和教导千恩万谢地走了。我收拾桌上课本,看到初一思品课第一节《生命最宝贵》,刚刚给学生讲过,这句话对于每个人来说肯定已烂熟于心,但真正理解它的深意,却常常需要付出血的代价。

2014.11

读者反馈

1. 这篇文章从一个侧面体现家庭教育的问题,对孩子的教育过分严格或者是粗暴的对待,可能带来的就是孩子心灵的扭曲,更不利于孩子的身心成长,身心的健康比身体的健康更重要。其实教育孩子对于家长来讲也是讲求智慧,用什么样的方式去教育孩子,让他们从小养成良好的学习习惯,对孩子的成长都有极其重要的作用。家长、孩子、老师的互相配合会让孩子出现奇迹。

2. 孩子不是家长的替代品,没有义务来替家长完成他们自己未曾完成的心愿。孩子也不是敌人,家长没有权利天天责骂。孩子最需要的是家长的爱和关注。把自己的过度期望强加给孩子,是人格的不平等。孩子是用行动来提醒家长教育出了问题,应该好好反思。亡羊补牢,以平和的心态来对待孩子,做个凡人又何尝不幸福。

绿翠竹,白杨树

校园的渔塘边有一片竹林,大小不过三分,葫芦型地块,小径蜿蜒,绿树环抱,是我每天必驻足守望的地方。

竹子四季常青、青翠挺拔,轻风吹过,沙沙作响,摇曳生机和希望。

在冬日朔风肆虐的北方,能存活这片竹子并不简单。听老校长说,当初,从南方拉了一大车竹子栽下,随着气候的磨炼和时间的考验,原来有心买来的竹子渐渐逝去,而在不经意间夹杂的一棵不知名的竹子,却在与寒冷和干燥的抗争中,吸汁涵养,扎根繁殖,成就了这片充满生机和活力的绿色。

竹林的北边,有一片毛白杨。高二三十米的树干,挺拔笔直,坚强有力。灰白色的树皮上镶嵌着一个个黑黝黝的大眼睛,默默凝望着孩子们戏耍嬉笑。

建校之初,杨树林这儿是片空地,规划在此盖一个图书馆,因为资金的问题暂时搁置。大家感觉闲置空地,既浪费又不美观,栽种绿化树,过几年建设时就要砍掉,形成更大的浪费。思前想后,决定栽种毛白杨,找了部分毛白杨树条,截成二三十厘米的小段,随便插到了空地。不曾想,两三年的时间,小树条长成了杨树林,葱茏茂密,郁郁苍苍。再准备建图书馆时,看看在树荫下读书、娱乐的学子,只好另改规划。不经意栽下的杨树林,成为学校又一道靓丽的风景。

每当走到这儿,常常回味"有意栽花花不开,无心插柳柳成荫"的寓意。

放假前,学生海亮从省城来学校看我。

刚工作时分配到职业学校,接收的学生大都因英语短板,上普通高中升学希望渺茫,所以到职业学校学点技术。周围的人对职业学校有偏见,学生也缺少自信,海亮就在其列。

海亮的父亲因矿难去世,姐姐受情感刺激喝药离世,只有他和母亲相依相偎。

海亮聪明伶俐,活泼乖巧,数理一学就会,对电子类专业课特别感兴趣。海亮上学期间,正好校门口开了一家电机维修门市,我就介绍海亮利用课余和晚上的时间给维修师傅干杂活。高三安排实习时,海亮主动留下,又跟着维修师傅干了一年。毕业后,海亮自己在城里开了家电器维修部。

有一次,区石化机械配件厂里一台从日本进口的机器出了毛病,厂里电工维修不了,等着厂家过来维修耽误时间,影响交货期限。从齐鲁石化公司机械厂请了两个专家忙活了两天也没行,厂长急得不得了。在厂里干电工的同学就找到海亮,问他敢不敢试一试?海亮带上工具,跑到车间,查看了半夜,原来是电机绝缘不够但还达不到彻底短路,所以没有实践经验的人,只用表量不出来,海亮很快解决了问题。自此,厂里所有电器坏了都找海亮定点维修,海亮的生意越来越好。

海亮从电器维修起步,还代理过冰箱、空调,近几年还搞起网店销售和石化配件厂。

坐下一问才知,他如今在全省做商场摊位经营生意,就是把整个商场包下来,再分包给个体经营者,从中赚取利润。海亮名下有五六个企业,七八百工人,年利润达半个亿。

海亮问我："老师,现在取得个本科毕业证难不难？"

我说："缴上钱,落好学籍,只要考试,到点就发毕业证。但本科毕业证对你这样的大老板有什么用？"

海亮笑了笑说："首先是虚荣心,公司里经常报表,填写学历时,底下员工好多是正式本科毕业,我还是个中专,有时感觉没面子。其次真想学点东西,公司大了,人员多了,很想学点管理方面的知识。只靠经验,没有理论的指导创新,企业短期还行,时间久了就可能崩溃。"

听着海亮娓娓道来的"胆量、眼光、运气"的创业理念,我理解了海亮从小小维修部发展到今天的艰辛；听着"不要把所有的鸡蛋放进一个篮子"的投资理念,我理解了海亮不断开疆拓土的才略。我一边听一边想,我曾是海亮的老师,但面对披荆斩棘、搏涛弄潮的海亮,我现在还敢称为其师吗？他的学识还能用本科毕业证衡量吗？

送海亮走出办公楼。夕阳中,竹林尖梢的鸟儿上下翻飞,叽叽喳喳,高大光秃的白杨树在寒风凛冽中巍然屹立,直冲蓝天。

教书育人正如这两片林地,我们给予孩子的也只是种竹植杨的一抔黄土、一桶清水,真正的能力还要到社会这个大舞台上去砥砺、雕琢。

从海亮身上,我懂得了作为老师除了教会学生基本知识外,更重要的是让学生做好选择、学会坚持。

2016.2

读者反馈

1. 这是一篇借景抒情的好散文。景物描写,词汇丰富,文采飞扬。抒情更是别有洞天。从种竹植杨,剖析海亮的成长,引申到教书育人,探讨教育的本质。作者娓娓道来,层层诱导。一篇好文章,不仅要有好文笔，更重要的是让读者读后，能从中明白一定的道理，能对自己有所借鉴。此文构思巧妙，让人受益。实为一美文！

2. 很多时候，当我们回过头来，看见的都是遗憾，而不是自信满满的成就感。文中的海亮却用自己的行动谱写着他自己的美好人生，我们又何尝不是因为自己的懒惰，很多事情都与我们失之交臂，其实每天的经历都是一笔财富。哪怕知道前方的路布满荆棘，都要义无反顾地迈步向前，或许就像文中的翠竹、白杨一样会成为一道靓丽的风景。本文看似朴实，却意蕴深刻，饱含深情，给我们上了人生的一课。

宽容永存心间

1941年6月3日,陕甘宁边区政府在延安的杨家岭小礼堂召开各县县长会议,讨论征收公粮和农民负担问题。突然大风暴雨,一个炸雷击断了礼堂的一根木柱,延川县代县长李彩云被雷电击死。噩耗传开,议论纷纷。有位农民说:"老天爷不开眼,响雷把县长劈死了,为什么不劈死毛泽东?"保卫部门闻讯,逮捕这个"竟敢如此咒骂毛主席"的农民,要公开处理,以一儆百。

毛泽东知道这件事后说:"群众发牢骚,有意见,说明我们的政策和工作有毛病。不要一听到群众有议论,尤其是尖锐一点的议论,就去追查,就要立案,进行打击压制。这种做法实际上是软弱的表现,是神经衰弱的表现。我们共产党人无论如何不要造成同群众对立的局面。"

不久,清涧县农妇伍兰花的丈夫在山上用铁犁耕地时,不幸被雷电击毙。伍兰花一边悲痛,一边大骂"世道不好"等。中央社会调查部闻讯后,把伍兰花拘押到延安,并判处死刑。毛泽东知道后说:"你们不能这样做嘛!……如果不做调查,就随随便便抓人、杀人,这是国民党的黑暗做法!就这些而论,人家骂得就有道理呀!"当晚,毛泽东把伍兰花请到会客室,聊天拉家常话。毛泽东了解到:中央红军来了以后,伍兰花家里分了五亩地,头几年还好,政府收的公粮少,家里的粮食吃不完。这几年变了,干部只管多要公粮,还多吃多占。如今她丈夫死了,家里的顶梁柱就没有了。

毛泽东听后,当面嘱咐工作人员说:"把这个妇女马上放回去,还要派专人护送她回家。记住,去的人要带上公文,向当地政府当面讲清楚,她没有什么罪过,是个敢讲真话的好人。她家困难多,当地政府要特别照顾。对于清涧县群众的公粮负担问题,边区政府要认真调查研究,该免的要免,该减的要减。我们决不能搞国民党反动派那一套,不管老百姓的死活!"

古人讲,将军头上跑快马,宰相肚里撑大船。毛主席应该说给我们工作和生活树立了一个典范,宽容大度,虚怀若谷。

因为工作的关系,经常遇到领导与教师不睦、教师与教师不和、学生状告教师的事情。大多是公说公有理,婆说婆有理,要想处理得清楚明白,可以说难上加难。有时就和稀泥,这边批评,那边安抚,大事化小,小事化了。

有一年,我到上海出差。单位上的两个同志在酒场上喝多了,为了一句话骂了起来,并动了手,影响很坏。回来后,同志们和我说了这件事,我很生气。因为我多次和同志们说,个别同志之间有点矛盾是正常的,但我不在家时,任何同志都不能打架、惹事。虽然生气,但我还装不知道。虽然知道自己说了不算,但恨不能把他们两个开除。

过了一天后,我还是把火气压下,对两名同志说,中午我请你们吃火锅。

中午,给两个同志拿上啤酒,并说:"今天,我请你们吃饭,酒尽管喝,愿意喝多少喝多少,守着我可以尽管骂,但不能动手。"

其中一个同志红着脸说:"主任,那天打架是我不对。我说话有些急,可能妨刺着他了。"

另一个同志也接着说:"那天喝酒有点多,是我先动的手。虽然他的话对我有妨刺,但我也不应该动手,给领导添麻烦。"

酒一瓶未开，两个同志都不断进行自我批评，让我劈头盖脸臭批一顿。我说：你们两个打架，先不说听不听领导要求。只就你们个人来说，个人的形象坏了，一个巴掌拍不响，两个人的素质都不高。劝架有好同志，也有坏人，看殡的不嫌殡大，你们两个打架打得越大，有些人越高兴，你们被别人利用了。再说，你们两个在一起近二十年了，啥事说不过去，为一句话用得着动手吗？

两个同志受了批评，自惭形秽，从此又和好如初。

还有一个朋友在中学上班。课间时，一个学生当着面叫他的名字，他气不过，用手一拉学生。可巧，这个学生的胳膊碰到了桌子角上，竟断了小臂，治的又不太理想。学校出面好说歹说，花了一万多元总算悄悄解决，学校、个人窝囊了一年多。

事后想来，名字不过是一个符号，学生当面喊叫，的确不太礼貌，但总还不是原则性问题。可是，教师碰伤了学生，好多问题就很难说清了。

写到这里，脑海中忽然想起一首诗："千里修书只为墙，让他三尺又何妨。万里长城今犹在，谁见当年秦始皇。"

吃亏是福的辩证法，很多人现在不懂，六十岁以后可能会更明白。

2005.2

读者反馈

文中借多个事例告诉我们一个道理：受委屈时坦然一笑，是一种大度；吃亏时开心一笑，是一种豁达；无奈时达观一笑，是一种境界。人与人交往都是心灵相通的体现，换个角度看问题也许会茅塞顿开。学会宽容，学会赏识别人，你也会有更多的朋友。

人生大境界

星期天,打开《于丹〈庄子〉心得》一书,于丹告诉我:生活的大道理,人生的大境界,有的时候,都是从生活中的最细微处去发现,去感悟。读罢,感受颇深。

正巧,老唐打电话来,向我咨询儿子师范毕业分配的事情,在电话里啰里啰唆拉了一大通,说得口干舌燥了,他就是不明白。没办法,最后约定晚上带上儿子来我家当面问道问道。

老唐是我刚搬进城里的邻居,在我对象厂里当保卫干部,为人忠厚实在,待人热情友善,又加上他同我本村一个外姓哥哥有亲戚,我们两家自然来往较多,关系也分外融洽。

二十世纪九十年代末一个夏天,老唐找到问我,现在工厂效益不好,有时好几个月不能发工资,很难维持生活,想出去做点事,让我出出主意。

我说:"现在中央支持发展私人经济,食品厂虽是国有企业,但随着周围私营食品厂的发展,企业早晚要散伙。早走也得走,晚走也得走,如果有门道,还不如早走。"

老唐说:"门道倒是有一个,不知能否行?城里好多人倒下的旧家具还能用,但因没人处理,好多日晒雨淋就损坏了。如果把家具、电器收起来,再到南部山区去卖,肯定能赚钱。"

变废为宝,循环利用,为城区和山区百姓都能提供方便,还能收到经济效益,可谓一举多得。我听了,对老唐说:"只要用心干,一定会行。"

不久,老唐辞掉厂里的工作,在大集上租地围院,红红火火地干起了旧货市场。老唐让对象在家守摊,自己上工厂、去机关,帮着人家清理废旧家具,再雇车雇人搬运到旧货市场,联系买家。一开始,还要跑来跑去联系,时间长了卖家买家自己到旧货市场联系。旧货不只供应边远山区,城区开饭店旅馆的就供不应求。

几年下来,老唐的买卖越做越大,安排了五六个厂里的下岗职工,花二十多万元在城区优越位置购买了楼房,儿子也顺利地上完了大学。

更令人可喜的是老唐成为二十世纪九十年代末大批企业职工下岗再就业的典型代表,被省政府评为劳动模范、再就业标兵等三项省级以上荣誉,电视、报刊经常报道他的事迹,一时成为地方名人。原来的商业局局长在街上碰上老唐,拉着他的手说,我干了二十多年局长,还不如你收破烂,两年就"收"了一个省劳动模范。

老唐的经历告诉我:职业不分贵贱,三十六行,行行能出状元,关键是抓住机遇,用心做事。

朋友老赵的儿子今年大学专科毕业。当今本科毕业生都难找工作,专科自然更不乐观。闲谈中,我问老赵对孩子的工作有什么考虑。

老赵说:"孩子的事咱不用管了,他自己到北京去闯了。"

我听了有些纳闷。老赵接着说:"高中时,儿子曾跟着别人到北京参加过美术考前辅导班,学的美术不怎样,但是却学会了怎么召集生源、如何聘请教师、如何管理学生。这不,他和几个同学来我们当地召集美术高考学生,在北京租赁校舍,从中央美院等高校聘请教师,办起了美术考前辅导班,招了五十多名学生,有四十多名取得美术专业证书,六个还考取了中央美院、北京大学等高校的专业证书。"

我问："今年挣到钱了吗？"

老赵说："钱没挣多少，最后算账正好平着，只是赚了辛苦，学了经验。"

我想，这件事不在于挣钱多少，最重要的是孩子学到了一种受用终生的谋生手段，收获了许多本科生、研究生所不可能学到的实践真知。望望外面火辣辣的高考、中考，看看疲惫不堪的年轻一代，对于分数产生难以表述的无奈。

重新翻开《于丹〈庄子〉心得》，于丹又说："有时候，大境界是从眼前的小物件上看出来的。也就是说，要看到大境界，在于我们有没有安静的心灵，有没有智慧的眼睛。"这些智慧，我们一辈子也学不完。

2006.12

读者反馈

"三百六十行，行行出状元。"一切伟大的行动和思想，都有一个微不足道的开始。本文以小见大，寓意深刻，耐人深思。文中的老唐及老赵的儿子虽然起点低，但是都有自己的梦想，并且付诸行动，所以能找到自己舞台，并且发挥自己的人生价值。其实人生意义的大小，不在乎外界的变迁，而在乎内心的经验。

开学第一课——教学生理财

刚到一个新学校任校长,遇到的第一个问题就是学生不会理财花钱。

学校97%的是农村学生,85%的住宿。为了保证所有学生入学便能用餐,预支给学生的每张饭卡上有一百元现金。大部分家长靠打工、种地生活,从不会给学生十元以上的零花钱。生在农村,长在农家的学生,一下子有了一百元钱的支配权,当家做主、翻身解放的感觉剧烈膨胀。开学第一天的午餐,好多学生打了两份菜、买两样面食,免费的稀饭不喝,抱着两三瓶冰镇的可乐喝个不停。打饭拼命地往前挤,唯恐打不上或者打得少。饭后,还要买雪糕,到超市中买小零食……课余时间,学生的主要任务是忙着"吃"。

学校规定:一餐不能超四元,全天不能超十元。第一天午餐,学生平均花费六元多,多的学生花到十五元。开学三天,有的学生花到八十元。老师问快花完钱的学生,后面两天怎么过?学生有的说少吃,有的说忍着不吃。

看到这种情况,校领导分析,这样做下去,一是学生吃坏了胃,肚子疼的特别多,影响学生的身体健康,不利于学生成长;二是学生在学校私自花的钱,家长也认为是学校的错,给家长造成了不必要的浪费,损害了学校在社会上的声誉;三是学生花钱没有计划性,想花随意,没有了硬熬,很容易让学生形成影响终身的坏习惯。

于是，学校先从源头上卡住学生，从超市、食堂中迅速撤出碳酸饮料，坚决不允许经营人员销售各种饮料，让自控能力不行的学生没的可买。通过计算机处理，把学生一卡通上的花费数额每天控制在十五元以内，让自控能力差的学生不能过多的花钱。对花钱特别多的学生，由班主任、级部主任分别进行谈话，并通知家长说明情况，要求家长周日帮着教育，让自控能力弱的学生不敢花。由班主任组织主题班会——学会理财，对学生进行理财教育，让全体学生不愿意多花钱。

班会由班主任设计，将食堂一周的十几种面食和几十种饭菜品种、价格统一制表发给学生，教师再把一周早、午、晚的次数算给学生，然后由学生自由选择最恰当的搭配，最后班级评选"用餐最优搭配"方案。有的学生为了省钱选择一天只吃油饼、火烧，不吃菜。老师给予引导，吃饭不单要吃饱，还要吃好，营养搭配也要合理。有的学生为了吃好，设计了蛋炒饭，外加两份菜，吃好了，却造成了花费太高。还有面包加炒菜，蒸包加馄饨……学生七嘴八舌，教师给予修正引导，每个同学最后都形成了自己的分配计划，早上油条豆汁或者面包稀饭等，控制在两元钱左右，中午、晚上馒头、炒菜或者蒸包等，不超过四元钱，女孩还要适当降低。个别还不能适应的学生，班主任帮着设计上了一天一元钱的小零食，给学生一个适应过程。

学生把设计好的花费计划，分别向全体学生宣读，由全体同学进行监督，并把计划带回家中，向家长汇报由家长督查。

看到初一和初四学生一起排队，小学生大部分排在最后。学校研究后，把初四的上课时间往后延长了五分钟，当初四学生下课后，初一的学生已经打好饭坐下了。值班教师也专门在食堂、超市巡逻，对加塞和乱买东西的学生进行制止。

一周后，学生吃饭秩序正常了，食堂、超市提供的学生消费数额也控制住了。更重要的是学生乱花乱买、随意花费的毛病得到了根治,合理消费、科学理财的习惯开始逐渐形成。

（此文发表于 2010.9.21《中国教育报》）

读者反馈

作为一校之长,能发现问题,并且解决问题,把学生放到第一位,是值得学习的。记得一位校长说过,以仁治校,以爱执教,以诚待人,才可融社会学校师生为一体。每天能把简单的事情做彻底,把平凡的事情做经典,把每一件小事都做得很精彩,这是对一个校长的考验。到一所学校不是看校长,而是看师生的精神面貌。从师生的言谈举止中就可以渗透一个学校的文化内涵,学校每天都在发生不同的故事,贵在有发现的眼睛。

课堂小错

教师不是神,课堂中犯个小错也是正常。

最近,听一个数学教师的课,他在课堂中就犯了一个小错。

这位老师给学生出示了一道计算题:一顶圆柱形帽子,高25厘米、直径20厘米,求做一顶这样的帽子需要多少面料?(结果取整十平方厘米)

老师在辅导的过程中,看到部分学生对"整十法"不太理解。就站到讲台做了一下解释,他说:"'整十法'就是四舍五入,最后结果的等号要改成约等号。像结果是72要取70,78要取80。"

老师刚一讲完,小女孩王钰立马站了起来,说:"老师这是一个实际问题,如果小于5的数舍掉,那么做帽子的布料就可能不够了。"

老师一怔,我们听课的也一愣。

这位老师教学经验丰富,遇事没慌。听完后,他和蔼地说道:"对不起,老师犯了一个错误,忘记了实际问题中小于4的不能舍掉,舍掉后布料就不够用了。"

"王钰同学及时发现并订正老师的错误,应该给予奖励,在小组考评中给王钰组加2分。"这位老师补充说。

同学们听后,"唉"的一声长叹。我知道同学们是对自己的惋惜,这么好的得分机会自己没有抓到。

我听后,既佩服又窃喜。

佩服的是这位平时让其他同事都感到生畏的老师,在错误和学生面前竟变得如此谦卑。高兴的是他把课堂中的错误当成了一种教育资源,渗透了情感、态度和价值观。

巧妙之处还在后面的处理。

这位老师讲到最好的取值时,强调到:"因为是实际问题,所以2072.4应该取约等于2080,千万不能犯像老师这样的错误,去掉2.4。去掉2.4就会怎么样?"

学生齐声道:"布料就不够用了。"

这一强调,仿佛给学生注入了一针强心剂,遇到这样的问题不能犯像老师这样的错误。教学中的易错点,因为老师的小错误而得到了进一步加强和提高。

真是人无完人,学无止境。

2013.3

读者反馈

"教师的最大幸福就是把一群群孩子送往理想的彼岸。"课堂是动态的课堂,每个孩子都是一个生命的体现,或许一个巧妙的回答会让孩子记忆终生,并且牢记知识。"要得到孩子的尊重和爱戴,首先要学会尊重孩子的人格,要尽量多地要求一个人,尽可能多地尊重一个人。"做到这一点,我们的课堂才会心中有学生,学生才会喜欢老师。

小议数学的严谨性

初一数学课上,老师正讲着圆柱体的表面积和体积计算。

听了一个老教师和两个年青教师的课,感觉在解题步骤上有明显差异。听后思考,关键还是一个教教材或用教材的问题。

举例:一顶圆柱形帽子,高 25 厘米、直径 20 厘米,求做一顶这样的帽子需要多少面料?

从课本上来说,解题步骤,既不写"解",又不用字母表示体积、面积、周长和高等,直接写为:

$20 \times 3.14 = 62.8$(厘米)

$62.8 \times 25 = 1570$(厘米^2)

$3.14 \times (20 \div 2)^2 = 314$(厘米^2)

$1570 + 314 = 1884$(厘米^2)

答:做一顶这样的帽子需要 1884 厘米^2 面料。

年轻同志在教授的过程中,知道这样表述不太清楚,于是在讲解过程增加部分内容。

解:底周长:$20 \times 3.14 = 62.8$(厘米)

侧面积:$62.8 \times 25 = 1570$(厘米^2)

底面积:$3.14 \times (20 \div 2)^2 = 314$(厘米^2)

表面积:$1570 + 314 = 1884$(厘米^2)

答:做一顶这样的帽子需要 1884 厘米^2 面料。

教学经验丰富的老同志则把教材与自己的教学经验进行了有机整合,把数学公式运用其中,形成了较为完备的解题步骤。

解:$C_{底} = D\pi = 20 \times 3.14 = 62.8$(厘米)

$S_{侧} = Ch = 62.8 \times 25 = 1570$(厘米^2)

$S_{底} = \pi(D/2)^2 = 3.14 \times (20 \div 2)^2 = 314$(厘米^2)

$S_{表} = S_{侧} + S_{底} = 1570 + 314 = 1884$(厘米^2)

答:做一顶这样的帽子需要1884厘米^{2}面料。

老教师通过这样一表示,带来了三方面的好处。

1. 公式多次得到巩固。初一的学生最容易犯的错误就是数学公式记不准甚至是记不住的问题。现在,每做一道题就对所学公式重复书写一次,便于加深理解。

2. 表述清楚明白。书本上只是表述了四行数字,除了数学教师知道哪一行的数学式代表什么意思外,家长和其他学科的老师一会半会很难弄明白,不利于家长对学生进行辅导。而老教师的表示,清楚明了,简洁,外人看了也一目了然。

3. 培养了学生逻辑思维能力。数学教学讲求一个逻辑推理过程,特别是初二的平面几何讲解中,好多学生知道内错角相等或同位角相等两条直线平行,但说一说、写一写步骤就不行。如果从小学就开始由浅入深的训练,在练习中,学生的逻辑推理过程自然就会得到提高,"因为、所以"运用起来也就简单容易了。

由此得知,同年级同学科教师的集体备课非常重要,重点、难点、易错易混点等通一通、讲一讲,年轻教师受益,学生更受益,好多东西,只靠书本还不能完美的解决问题。

教书,只知道教教材,还远远不够。还要充分挖掘教材,用好教材。

2011.6

读者反馈

作者由自己听的课引发思考：教书，只知道教教材，还远远不够。还要充分挖掘教材，用好教材。法国著名思想家帕斯卡尔说："一个人不过是自然界一支最脆弱的芦苇，但这是一支会思考的芦苇，人因思想而伟大。"不同的人对教材的处理不一样，得出的结果也不一样，孩子的学习习惯也不一样。教会孩子会思考，教师的思想引领很重要。

一道抄错的数学题

前几天,听一个老师的数学课,颇受启发。

教学的第二个环节是让学生上黑板进行展示。第二个小女孩做了一道数学题。学生书写的题目:45÷9/14

解:45÷9/14

= 1/45÷9/11

= 1/55

老师在处理这个题目时,一看就知道这个学生抄错了题,但老师还是让大家找一找这道题出现了什么问题。

学生就依次查找问题。

学生1说:"这个同学抄错题目了,把下一页的第二题抄上了。"

师说:"这个同学太粗心,头破了需要点药治病,不小心点到脚上去了。好,同学们看还有什么问题?"

学生2说:"这个问题也是粗心,第二步把14写成11了。"

师说:"噢,还是粗心。本来应该是点白药,一粗心点成了辣椒面,不但没治病,还加重了新疼痛。"

"好,同学们看还有什么问题?"

学生3说:"分数除法的计算法则:除以一个不为零的数等于乘以这个数的倒数。这个同学把'被除数'当做'除数'了。"

师说:"对。从这儿看,我们部分同学对被除数和除数还不理解,这个题中前面的 45 是被除数,后面的 9/14 是除数。"

"还有问题吗?"

学生 4 说:"这个同学书写不规范,45 和 9 约分后,把约的 1 写到了 9 的前面,而且写的一样大小,很容易让人看成 19。"

师说:"是的,我第一眼就看成了 19,正在纳闷这个同学是如何约分的呢。如何写呢?1 应该写得小一点,而且要放到左上方。"

虽然只是一道抄错的数学题,但这个教师却引导着学生复习巩固了除数与被除数、分数的除法法则等知识,并规范了学生的书写。

事后,我常想课堂中时时、事事、处处有生成的教学资源,关键是教师如何根据现实需要,不断地发现和挖掘。

学习永无止境。

2012. 11

读者反馈

《教育智慧从哪里来》这本书中有这样一段话:"老师光有爱心还是远远不够的,正如医生与病人的关系好,但缺乏医术的话,并不能保证治好病人一样。要治好病人,医生还需要有专业能力,能对症下药。教师也一样,面对学生中存在的问题,不能光靠爱心,要以科学的态度来从事教育教学工作,以智慧来帮助学生,让智慧与爱心同行。"文中的老师具有很独特的教育智慧,如果教师直接改会伤害孩子的自尊心,但是换个角度得到了不同的教育效果。时时皆教育,处处显智慧,值得大家学习。

毕业致辞

每年学生毕业,当校长的都要进行毕业致辞。讲得多了,不免让人发愁。干行政多年,最不愿接触的就是"写的写够了,讲的讲够了,听的听够了"的"三够"文章。

分管的同志给我布置完任务,我就前思后想今年又该给毕业生讲点啥?

走到学生打热水处,一件往事浮现在我的眼前。

两年前深秋的晚上,我正在打热水处值班。突然,"噗通"一声从女生宿舍前传来,我知道肯定又是学生打碎了暖瓶。

现在,学生多数用的是塑料外壳的暖瓶,灌上开水后,温度一升高,底座支撑的铁棍就会松动,学生提着暖瓶稍不留意,内胆便会脱落摔碎。每年都提醒孩子,但每年都会摔坏十几个。

我打着手电筒,赶紧跑到出事学生面前。一个小姑娘正怔怔地望着地上的空塑料壳和明晃晃的玻璃碎片,滚烫的开水打湿了水泥路面,在夜色中黑乎乎一片,腾空而起的热气已渐渐散去。

我赶紧问小姑娘:"没事吧,烫没烫着?"

小姑娘还没缓过神,依然愣在那儿,直到我拽了她一下,她才嗫嚅地说:"没……没有。"

"怎么碰的?"

"同学叫我,我刚一跑,暖瓶前后一晃悠就摔了出去。"

凝眸深情

"没烫着就好,摔坏了可以再换个,烫着可就麻烦了。"我边说边安慰小姑娘。

我用皮鞋把碎玻璃往前堆了堆。然后,对小姑娘说:"你到宿舍拿苕帚和簸箕来,我们把碎玻璃收掉,以免伤着其他同学。"

小姑娘爽快地跑去了宿舍。我用手电筒照着地面,提醒着来回的学生,以免踩上碎片划伤。

不一会,小姑娘拿来了工具。我接过工具,让小姑娘给我照着,把所有的碎片一一收拾干净,并倒到附近的垃圾车中。

在我把工具交给小姑娘的一刹那间,小姑娘抬起头问我:"老师,你是不是总喜欢帮助别人呢?"

我正在考虑如何回答小姑娘时,小姑娘补充说:"你帮我们同学扛被子的照片,正在同学中流传着呢。"

我正纳闷,要问小姑娘什么照片时,熄灯铃响了。小姑娘鞠了一躬,高兴地跑回了宿舍。

每年开学、放假,学生大包小包的搬运,帮学生扛个被褥是常有的事。忽然,被学生拍照并流传,当面被小姑娘表扬了一番,心里也不免喜悦荡漾。

无聊的忙碌,消磨着时光,我也渐渐淡忘了这件小事。

一日,文友小于给我发了一条信息:"张校长,你的一张照片在学生空间中疯传,你可要注意喽。"

看到信息,我不免心里一颤。当今各类"照片门"到处泛滥,该不会有些敲诈的ps照片会落到我的头上吧。忙问:"什么照片?别吓我。"

"不要害怕,是好事。"一会,小于回了信息,并把一张照片发给了我。

一看照片,猛然想起前段时间小姑娘对我的表扬,我忐忑的心才平静下来。

照片中的我,正扛着一捆被褥往前走,左面跟着一位姑娘。一看周围的建筑,我想起来了,那不是在学校,姑娘也并不是我们的学生。当天下午,我去幼儿园给年轻老师联系孩子入园的事,因为路不远,我自己走着过去。

过路口时,恰巧一刚下车的姑娘扛着两个大包过马路。姑娘又拖又拽,把一包拖到路对面,再过来拽另一包。看到姑娘吃力的样子,我赶忙接过姑娘的被褥,右肩扛着一个,并用左手和姑娘抬着一个。对姑娘来说两大包东西,举步维艰,而对我来说却是举手之劳。

路两边的生活区就住着我们的学生家长,照片大概就是家长们在我们往东走的过程中,在我毫不知情的瞬间照下并发给了学生,我也在不经意间给学生做了一次示范。

想到这,我想今年就给毕业生讲一讲这两个故事,并告诉他们两句话:一是一辈子不要忘记表扬他人。二是时时处处要做好事。

2016.7

读者反馈

时时、处处、事事做好表率,身体力行,言传身教,体现在平时的每一件小事当中,这才是真正的为人师表。我在当您的学生时就感受到了。

人的一生当中,能够遇到一个好老师是非常幸运的……

报告文学篇

最后一批民办教师

伴随着春末初夏的一场绵绵细雨,我结束了为期两周的采访。13个乡镇、93位民办教师,10多个阴雨连绵的日子,充满泪水和无奈。

93双眼睛滴落的泪珠仿佛敲打在我的心头,93张嘴巴仿佛在向我一遍遍重复着同一句话:"张科长,工作的时候,我没有感觉到自己是一名民办教师,甚至比公办教师还要干得更多。只有发工资,当只拿到人家三分之一的工资时,我才意识到自己是一名民办教师。"

《教育大辞典》载,民办教师是指中国中小学中不列入国家教员编制的教学人员。民办教师的存在,成为农村普及中小学教育补充师资不足的主要形式。他们除少数在农村初中任教外,绝大部分集中在农村小学。一般具有初中以上文化程度。由学校或当地基层组织提名,行政主管部门选择推荐,县级教育行政部门审查批准,发给任用证书。在生活待遇上,除享受所在地同等劳动力工分报酬外,另由国家按月发给现金补贴。

民办教师自新中国成立之初开始出现,在山东省截止到1985年9月30日停止招入。1965年年底达到180万人,1977年增加到491万人,此后逐年减少,1993年230万人,1995年180万人,1997年121万人,1999年54万人。2002年1月22日,原山东省教育厅厅长滕昭庆在山东省九届人大常委会第二十五次会议上透露,64770位民办教师将于本年退出历史舞台。

这批民办教师将成为我省特殊历史时期内教坛上的最后一批民办教师。了解和记录这历史的"最后"的想法一直凝聚在我的心头。于是，我在习习春风中走近了93位民办教师，在一行行流淌的青泪中记录下了一个个民办教师。

"两个孩子是捆在炕上长大的"

我采访的第一站是皇城镇。据《临淄区志》记载：古齐邑安平城废后，逸民留居于城内皇戚贵族住地，故名。

陪同我采访的是乡中心校的吴校长。一上车，吴校长就对我说：要说困难，哪一个民办教师都很困难。但在皇城来说最苦最难的还是王美凤教师。王老师1970年工作，家里拖着有病的丈夫，每年就靠干民师挣几个工资维持生活。

在南羊小学见上王老师时，她已经上了一节课。我们坐在王老师的对面，西下的太阳从阴沉的云层中钻出，透过斑驳的树叶和窗户照在王老师半秃的头顶，颗颗青丝清晰可数，沟壑般的皱纹已爬满前额。王老师并不善言谈，总是我们问一句她说一句，我们不问，她就静静地坐在那儿。每说一句，总是对着我们友好地笑笑，但笑容中分明包含着一种悲苦和期盼。

我说："王老师，你50多岁了，怎么还没有转正呢？"

她说："我1970年开始工作，干到1978年结婚。结婚后就中断了，直到1984年招考民师时又上来。前边虽干了八年，但因为中断，按政策连不上。教龄短，没办法。"王老师说话的声音很低，我向前挪了好几步才听到。

"王老师，这些年苦也苦过了、难也难过了，你现在还担心什么？"

"担心，倒也没有什么特别担心的。要说最担心的还是怕转不了正，一搞人事改革，就得下来。别的都不怕，怕就怕干了一辈子民师，落个叫人家撵回家的名声，无法抬头做人。"

"这些年来，你有没有感觉比较难挨的事情？"

"唉，谁家没有难挨的事情？只不过咱比人家命更苦一点、泪更多一点。"

说到这里，我看到王老师眼圈已黑沉沉的，王老师努力克制着，泪珠才没有当面滴落下来。虽然凄苦，但王老师的神态中还分明透露着一种不屈和坚强。

"唉……"王老师叹过之后，接着说："说多了，真怕领导笑话。俺从干上民师后，就没过一天安稳日子。开始，俺男的在车队工作，人老实，没白没黑地干。家里没老人，孩子没人看。每天到上班时，就得把孩子从手到脚都捆绑起来，捆绑松了，怕孩子蹬开，跌下床磕着碰着，只得捆绑得紧一点……捆绑好后放到床上，两边用被子裹着不能滚动，爱怎么哭就怎么哭，想怎么尿就怎么尿。孩子早上捆绑早上哭，下午捆绑下午哭。孩子哭，我就打、就骂。出了门自己再哭，走一路哭一路。冬天，孩子衣裳穿得厚点还好说。夏天，衣裳单薄了，孩子身上被绳子勒出一道道血印……孩子都是父母的心头肉，谁不疼自家的孩子，可是没有办法啊！"

"孩子都是这样紧紧地捆绑着吗？"

"是呀，捆不紧可不行。梧台有位民师，没把孩子捆好就急着去上班，孩子从炕上掉到炉子上，三岁大的小子活活地被烧死了。"

说到这里，王老师的眼泪再也控制不住了，一连串的泪珠滴落下来，衬衣洇湿了一大片。

"孩子刚大一点了，俺对象开车出了点事。老实人想不开，有点事总在心里窝着，谁想到时间一长，竟窝出了精神病，长年累月地吃药,一不吃药就犯病,犯病就摔东西、打人。没办法,他犯了病,我只好躲出去。场院、柴草垛我都睡过。"

"现在家里生活怎么样?在村里能处于什么水平?"

"咱够不上什么水平,儿子大了,孬好给他盖口屋,不然,孩子找对象都找不成"。

"还有债吗?"

"不多,还有……两千多元吧。"王老师凄然一笑。从她那闪闪烁烁的话语中我知道,王老师的债绝不止两千多元,只是碍于面子,不好意思说。

王老师所在的皇城镇,民办教师工资一年分两次发放,一次是教师节、一次是春节,月工资仅四、五百元。就是这四、五百元,原北羊镇与皇城镇合并时,北羊镇欠发民师两个月的工资,直到现在还没有着落。

采访回来的路上,我问王老师的工作怎么样。吴校长说,前几年挺好的。这几年嘛,年龄大了,家里又有拖累,不如小青年了,但她很能干,说不出别的。

太阳钻入了厚厚的云层,远处的村庄笼罩在薄薄的烟雾之中。眼望车外碧绿的田野,我静静地思索着,像王美风这样的老师,已经把一生中最美好的东西毫不保留地奉献给了孩子,奉献给了教育事业,对于他们,还能有什么更高的祈求呢?

十年前的舍友,仍然是老民办

第二天起床,天雾蒙蒙阴沉沉的,仿佛要下雨的样子。

来到齐都镇,打开民师名单,才知道十几年前的舍友——李恒谦还是民办教师,就在齐都镇成人教育中心校工作。我刚工作时,就同老李一个宿舍,一块吃一块睡了好几年。我知道老李能吃苦能受累,工作上有点子有办法,干班主任是一把好手。老李是个热心人,还跑来跑去给我介绍过对象。他乡遇故知,一半是为了看望老友,一半也是为了采访,便会同中心校负责人老王去了镇成教中心。

一边走,老王一边介绍。成人中心校就建在齐国稷下学宫的原址上,也就是原来的城关农业中学。60年代时,大兴农业中学,曾是全国的一面旗帜,校长受到过中央首长的接见,《人民日报》《大众上报》多次介绍该校的办学经验。可是"文化大革命"一开始,学校受到冲击,校长受迫害致死。

步入学校,三排青砖镶门镶窗的土坯小房子便展现在眼前,三条砖砌小路,从学校大门径直延伸到房前。一看便知,房屋是六七十年代的构造,虽有些陈旧,仍掩饰不住齐国故都古朴典雅的风格。

见到老李时,他正在修理电视机。见到我,他粗壮的大手紧紧地把我握住,依然那么热情、那么质朴、那么豪爽,他洪亮而高亢的嗓门,更是把我的耳朵都震得嗡嗡响,与印象中不同的是,两鬓霜染的白发和满脸纵横的皱纹。

我说:"老李,十几年不见,你风采依旧啊。"

老李指了电视机旁的半截蜡烛说:"什么风采不风采的,我已是风烛残年了,还能有多少蹬头,尽心尽力吧。"

"三十多年了,还是老民办?"

"哼,咱烧香,佛就掉腚,像咱这30多年教龄的老民办,大概全省也没几个"。

"怎么回事?"

"命不好呗!小张,你也知道,我原先不信命。有时回味一生,咋就像命中注定了一样,总差着半步。"老李弹了弹烟灰,深深吸了一口,接下去说:

"我是1965年来到这里,是当时的城关农业中学毕业留校的。

1972年6月回本村谭家联中教物理，一直干到1978年。二化技校缺教师，通过区教育局找到我，调我去教技校生。1985年考虑借调虽说是组织行为，但长期在外，对民师转正不利。可命运真是不济。我8月份赶回来，人家二化技校9月份就转了一批民师，听说指标挺富余的，还转了些一天教师都没干的工人家属。"

"1987年8月，区第一职业高中开设机电专业，没有专业课教师，区、镇教委同意后又把我借调到职业高中，从事专业课教学并任机电专业组组长。1988年底进行专业技术资格评聘，我是1965年参加工作的，完全可以评聘中学一级，第一次摸底报的是中一，但由于镇上竞争激烈，第二次摸底报成了中二，中二竞争的还很多，最后给我报了个最低级——中学三级。当时，因为借调在外，考虑到职称年年评，没有在意。谁想到，第二次职称评定竟是7年以后。而在这期间，民师转正的硬件必须是中学二级以上职称。1995年评上'中二'了，年龄超了50岁，又挡下了。1999年评上'中一'了，可到现在也没消息。今年，我已58岁了，唉，还有啥希望呢？"

"期间，你就没想考一考吗？"

"1989年时，下文件不超过45岁的可以考淄博师专。多年来，我大多数时间教高中、中专课程，考师专，我有优势。可是细算一下，到当年的9月1日，年龄又超了三个月"。

"一个宿舍时，见你中午不休息，整天学习，考文凭，学完了吗？"

"早学完了。那时学的是北京人大法律专科，后来又拿了卫电高师汉语言文学专业的毕业证，结业证书也七八个了。1995年5月，我还加入了山东省物理学会，成为省物理学会会员。"

"一块工作时，你带的班就是市优秀班集体，这十年还行吧？"

"老李不错，人很耿直，成绩就更突出了。"一块来的老王一旁搭话。

"咱有啥,都是人家王校长的支持呗!"

老李一边说,一边摸出钥匙,打开抽屉,搬出厚厚的一摞证书。我翻开看了一下,"淄博市中小学优秀班主任、淄博市教学能手……"还有十几次区、乡镇表彰。最后,老李抽出一本书,递到我面前说:"小张,这是我参与编写的书,提提意见吧!"

我接过来一看,是山东大学谭文长博士主编的《微机应用基础教程》,老李是副主编,并承担了第一章的编写任务。

我捧着书,紧紧握着老李的手说:"老李,你再等一等。据我所知,你还在转正的范围。"

"小张,你放心,只要单位让我在这儿干,我就耐心地等下去,不为别的,还有份责任心呢!"

话别老李,走在回去的路上,老王动情地对我说:"老李坏就坏在一个'能'字上。组织需要是不错,但在外面借调多年,啥事都耽误了。"

车窗玻璃上零星滴落了几滴雨点,云彩压得很低,仿佛压在我的心头。坐在车上,耳畔还时时回荡着老李的话:"在学校里我是'二等教师';在村里我是'二等公民';在社会上我们民办教师是一个被社会遗忘的'弱势群体'!"

54岁取得美术大专文凭的民办教师

本想先到比较偏远的山区乡镇采访,可连日的绵绵细雨,阻断了行程,干着急,没办法。可时间又不等人,只好在几个经济条件比较好的乡镇采访。

召口位于临淄的西部,据《临淄区志》记载:召口在愚公山、凤凰山之间,古为要道,设有驿站,西方国家来使入齐之口,驻此待召。著名金岭铁矿就坐落于召口的西南。近几年,该乡所属的金召、召口等村庄开始开采铁矿,形成规模较大的山东宏鲁集团、顺达集团等,成为淄博市的经济强乡镇之一。

车子刚到召口乡南坞小学的门口,好客的边校长已挽着裤管站在门口等候多时了。一下车,边校长便递过一把雨伞热情地打着招呼。

我说明来意后,让边校长先介绍一下三个民师的情况。

边校长动情地说:"都很能干,是咱学校的老'黄牛'。"

"这几个教师家庭生活咋样?"

"都不好。拖家带口的,光靠四五百元工资,比要饭的强点儿"。边校长说话没有遮掩,很痛快。

"房俊玲老师娘家是皇城,这是第二次嫁人。作为农村妇女二次嫁人,找到的对象虽说老实厚道,却没能耐,只能给人家看看门,挣个三百二百的,却偏偏又得上个腰椎间盘突出症,十几年干不了重活了"。

"很困难……"同来的老郑说。

"放了假,房老师贩了菜到集上卖。有一次,我去集上买豆角,一看是房老师,走也不好,买也不好。房教师拿着一把豆角硬往兜里塞,给她钱又不要。你想人家骑着车子转来转去的,一天还不知能挣几个钱儿,咱忍心吗?若不是逼到没有办法,谁去丢那个人?"

说着话,进来了两女一男。不用说,走在最后面,步履蹒跚的肯定就是房老师。一问,果然不差。

房老师行动很凝重,干练,不过已满脸皱纹,眼神已有些虚弱。同来的老郑向他们介绍后,三个人搓着手,眼神紧盯着脚尖,静静地坐在那里。我打破沉闷的空气,说:"房老师,听说你54岁了,还取得专科学历,不容易呀!"

房老师淡淡一笑:"唉……不也过来了吗?我是1998年考上师

专美术系函授的,去年刚刚毕业。在学校里,我是年龄最大的,人家年龄小的,比我小儿子还小六七岁呢!"

"你参加学习花了多少钱?"

"连吃带住,省了再省,一年也得1500元。三年,花了近5000元,相当于一年的工资哩。"

"现在,一周上多少节课?"

"我包班,包一年级,除了一节品德和两节体育课外,语文、数学、美术、音乐七、八门课,全都我一人上"。

"一周全泡在教室里吗?"

"农村学校都是这样,没有专职教师,所有课程一人挑。按区里规定一周有39节课,包括学生自习,房老师大概得上36节。房老师整天身不离教室,心不离学生呀。"边校长补充说。

"老师长病生灾的,咋办?"

"老师怎么能允许长病呢?一个人管一头,长病就得撑着;实在撑不住了,也得等到星期天才去打针吃药;即使打针吃药,也只挑便宜。"旁边的张俊香老师插嘴说。

"张老师有个妇科病,撑了好几年了,不难治,只是没时间,再说也确实疼那几个钱,干民师的哪有钱治病?"房老师说。

"除了民师工资外,家里还有其他经济收入吗?"

"哪还有?再就是种粮食,刨去化肥、水费、收种等杂七杂八,收不下几个钱,白搭上功夫!"

"平常上课,星期六、星期天还得忙农活?"

张俊香说:"不光星期天。人家浇地都是抢白天,俺就等着晚上浇,咱没时间,只能等人家不愿意浇的时候再浇。"

望着张老师那瘦弱的身材,一个女人扛着铁锨在漆黑的夜色里跑来跑去的身影,在我的眼前晃来晃去。作为一个女人,舍弃了病痛,舍弃了惧怕,执着地坚守着的是一份事业、一点追求、一线希望……

出租车司机也是个老民办

星期六,十几天的绵绵细雨终于停下,很好的太阳。我坐在办公室里准备整理一下采访记录。9点多时,边河乡的王校长通知我,今天可以到边河采访,老师上午上课,下午放学,但没有车接我。

我二话没说,抓起包跑下楼梯。

开出租车的司机是个四十出头的中年人,粗眉大眼,身宽体胖,少说也得一百公斤。我问:"半个小时能赶到边河吗?"

中年人为难地说:"老师,你也太急了。到边河的路正在抢修,不能跑。要去只能从西边的山路上转,难走得不得了。"

坐在车上,颠簸的山路,崎岖不平。我不停地看着手表。中年人说:"老师,什么事这样急?"

"我想采访几个民办教师,去晚了,怕放了学,见不上他们!"

"采访民办教师,我就干过民办教师。"

"什么时间?"

"1982年干的,1990年就不干了。我受不了那个苦,干活不少,挣钱不多,净同孩子生气,划不来。"

"同你一起干的,都转正了吗?"

"哪……没几个,大部分还是民办着,受苦受累呢。不过苦尽甜来,转了正式的就好了。"

"你后悔吗?"

"不后悔。如果继续干下去的话,不用说买汽车,怕连个驴车也买不上。"

"我们村有个叫袁奉海的民办教师,比我还早两年,早先干的是幼儿教师。1982年8月我们一起干的小学民办教师,他教学成绩一直不错,乒乓球打得特棒,敬仲镇三百多教师,他经常打第一。但家庭生活却一直不行,上有八十多岁的老母,下有十六岁的女儿和五岁的儿子,就靠他一人四、五百元的工资。发下工资,袁奉海的第一件事就是还债。不等债务还清,病重的老母、上学的孩子、村里打井、买化肥等等,用钱事项又来了。没有办法,只好厚着脸皮再借钱应急,干民师这些年来,袁奉海一直处在借钱还债的循环中,而且负债越来越多。"

"他这几年没找点别的致富门路吗?"

"想来,但干啥啥不行。1997年他看着人家种棚挣钱,就在责任田里种起了大棚。他整天在学校忙活,靠他妻子一个人忙老忙小忙棚,一个棚卖不到人家的一半钱,没赔本就烧高香了。后来,还养了一年鹌鹑,也是由于管理不行,染上了瘟疫,赔了六千多元。逼得没办法,袁奉海寒暑假就跟着建筑队搭棚、修路,能挣几个算几个。"

"现在,他家里怎样?"

"怎样?住的房子是他哥哥的,家里连个像样的电器都没有,墙上还贴着七十年代的领袖像。因为缴不起书费,他大闺女在敬仲初中没上完就不上了"。

说到这里,我想起了小时候母亲常常教育我生活要节俭的一句话:卖盐的老婆喝淡汤。卖盐女人最知道盐的重要,但她为了节省一文钱,却不愿将一粒盐加到自己的汤中。教师最知道知识的重要,但为了更多的孩子,却眼瞅着自己的女儿不能完成学业。这就是我们的民办教师,曾经支撑着我们农村义务教育的脊梁。

说话的功夫,边河到了,仅用了32分钟。王校长早已等在了门口。

我掏出钱交给司机,他执意不肯收下,说:"你为民师说话,没别的报答,送你趟路算啥!"

我把钱放到车上,跳下来。司机发动汽车,从车窗把钱扔了出来,一溜烟地跑了……

山里的民师泪更多

边河采访的第一站是南术南小学。

南术南位于临淄区的最南端,东南邻潍坊市的青州,西南邻淄川区,是典型的丘陵地貌。

我们坐上王校长为我借的车,一路颠簸着向南术南跑去。王校长只有三十五、六岁,办事很认真、标准很高,也很有事业心。他原先在一所区属学校任领导,2000年区教育局组织校长聘任制改革时,王校长通过公开竞争,自愿离开优裕的工作环境,来这偏远山区任乡镇中心校长。上任不到三年的时间,他多方筹措资金300余万元,为边河建起了一座教职工宿舍楼、一座能容纳近千名学生住宿的公寓,中学、中心小学还实现了网络终端进教室。

从边河乡政府到南术南村少说也得二十多里路,能走的只一条仅容一辆车的沙石小路,路面坑坑洼洼。小路一边是几十丈深的沟壑,一边是蜿蜒起伏的山坡,沙石小路也随着山坡忽高忽低,忽上忽下。路程还不到一半,同来的女同志小崔已呕吐不止,只好找了个村落把她放下。

我问:"王校长,南术南的学生上初中每天就走这条路吗?"

"就走这条路。学生骑自行车每天从这里走个来回。由于路远不好走,早晨天不亮就得走;下午,我们要求中学4点半放学,可学生还是天黑后才到家,每天花费在路上的时间将近四个小时。花费时间不说,学生的安全是个大问题,每年边河都会发生学生掉到沟里跌伤跌残的事情。盖上学生公寓后,学生不用来回跑了,时间充足了,安全也有了保障。"

听着王校长介绍着,车子不知不觉地顺着山路跑进沟底。两边直立的土崖有六七丈高,有的地方已经裂开了尺把宽的缝隙,随时都有跌落沟底伤人、堵车之类事情发生的可能。看到这里,我不得不佩服王校长的精明强干,建学生公寓,保学习时间、抓学生安全……可谓一举多得。

车子爬出山沟,便到了南术南村。穿过村子,顺着辛泰铁路,往南走不远就是南术南小学。

小学校刚刚刷过涂料,墙壁上书写工整的"捧着一颗心来,不带半根草去"的红漆大字,分外醒目。花砖半墙,石子铺路,五颜六色的花草,翠绿欲滴的青松,无不透露出典朴素雅,青春向上的气息。

山里最缺乏的是平整的土地,小学校只有四排小瓦房,长宽不足百米。校门口南边,有块立着篮球架巴掌大的洼地,便是小学的操场。听王校长说,操场只是临时租用,早就想征过来,但手续一直没办好,因而也不敢修整。

校长是一个四十出头的中年人,叫付尚浦,说话很干脆,做事也很利索。

一问付校长,还有半个小时师生就要放学。我说:"咱还是先到教室里看看学生吧!"

走进教室,孩子们齐声喊了句:"老师好!"

我招招手、点点头,算是回礼。问身旁的一个男孩:"你叫什么名字?"

"张健。"男孩有点紧张,怯怯地站起来说。

"谁给你们教语文课?"

"王老师教语文,还教数学。"

"王老师课讲得好吗?"

"好!我很愿意听他的课。"

"王老师对你们好不好?"

"好!他给我们讲故事,给困难同学垫书费,还领我们上山捉蝎子卖钱……"

我问付校长："王老师是谁？"

付校长指了指站在门口，不断搓着手的中年汉子，"这就是王修田老师。"

我上前与他握手，感觉到他的手掌硬硬的，上面分明结了层厚厚的茧子。斑白的头发、虚弱的眼神、布满沧桑的脸膛，无不印证着他同困苦和艰辛搏斗的痕迹。

我问付校长："学校还有几个民师？"

"两个。王修田，还有我对象——王玉花。"

我走进办公室，迎面墙上挂着教师简介。

王修田，男，44岁，民办教师，教导主任兼任五年级语文、数学。1982年参加工作，中师学历。工作20余年来，兢兢业业、任劳任怨，全身心扑到教学工作上，教学成绩连续多年居全乡之首，多次受到区、乡表彰。人生格言：踏踏实实工作，老老实实做人。

王玉花，女，42岁，民办教师……

同来的王校长说："张科长是区里来的领导，主要是想了解咱民办教师的困难。大家要把平时的苦事、难事多向张科长反映，对咱们民师转正有好处的。"

王玉花说："要说干民办教师苦累都一样，干活不少，挣钱不多。先不说钱的多少，光精神上就让人受不了。但论家庭来说，我还不算苦，对象干教师，几个哥嫂都在大城市工作，家里没啥拖累，一个女人家挣个三百、二百的，还行。修田老师就不行了。上有老，下有小，父亲生病落下一屁股债。一个大老爷们就靠那几个工资，不饿干牙才怪呢。这不，他媳妇去给人家当保姆、看孩子了，不到没办法地步，谁愿意去干那侍候人的差事？要写还是先写写他。"王玉花长得粗壮高大，红黑的脸膛，宛如一棵秋风中挺拔的红高粱。她同她对象一样，说话直来直去。

我把目光投向王修田老师,他仍然上下搓着手,脸憋得通红,有点苦涩地笑笑说:"最苦的日子熬过去了,比起以前来,好多了。"

我问:"什么时候最苦?"

"1986 到 1990 年期间,孩子小、父亲生病,有时想想就没法过下去。父亲患脑血栓,复发一次就得花费上千元。当时,我每月只有 45 元,还有一家人的吃穿,哪能付得起住院费?没法子,只好求亲告友。"王老师停顿了下,接着说:"父亲住院后,学校里没有多余的教师,为了不给学生耽误功课,只好叫爱人陪护。孩子放在他姥姥家,我星期天时捎着煎饼、咸菜到医院替一替我对象。那时,一元钱在全家人手里捏来捏去,总不舍得花。虽然尽了心,但父亲的病最终没治好,落了一屁股债。十几年了,还欠两千多元,只是亲戚里道的,人家不好意思上门讨要。"

"这期间没想给家里找点别的财路?"我问。

"别的,也不好干。1997 年村里实行退耕还林,除每人留少量口粮田外,大片的土地承包,但承包得拿现钱。咱又没有钱投标,只好放弃。在村里钱不好挣,地包不上,我对象只好到十化建打工,一星期回来一次。"

"家里现在怎样?"

"住得仍然是六十年代的四间草房,在村里属于最矮、最破的。一个小孩都上初中了,连个自行车都买不上,最后是小孩他姨给买的。"王玉花说。

"边河别的没有,到处是石头。王老师原先就会开拖拉机,如果开拖拉机往山外送石料,也早比这强多了。这不都是为了孩子们,为了学校吗?"付校长说。

"村里对民办教师没什么照顾吗?"

"原先有点。现在,村里事多,人家照顾不过来了。"王老师一摊手,抬起脸,对我浅浅一笑。这一笑中,是否包含着对村里政策的不满,我不想探究,但一种对未来幸福生活的期盼却分明写在脸上。政策还没有下,我还不敢告诉王老师马上要办理民师转正手续的消息。我在心里默默地说:"再坚持几天,愿望就能实现了。"

走出办公室时,已经中午12点多了。

付校长非要留下我吃中午饭,并且说走的话,就是看不起他。我们只好留下。

我们吃饭就在付校长家中,王玉花老师是主勺。炸花生米、韭菜炒鸡蛋、野菊花……谈不上丰盛,却非常可口。

饭吃到一半,王修田老师来,提了一个瓦罐,拿来了一瓶红蒲公酒。

揭开盖子,是一罐鸡汤。王修田老师一边舀,一边歉意地说:"山里人穷,没什么好拿的,凑和着吃点吧。"

看着这些,我心里翻江倒海般难受。我知道山里人是不会轻易杀掉老母鸡的,除非来了尊贵的客人。在穷山沟里,我受到这般热情的接待,顿觉得股股热血直往我的头顶上蹿。

我夹起一块鸡肉放到嘴里,虽然清香诱人,但在舌头中间拌来拌去,总是难以下咽。我端起酒杯,双手举到两个王老师面前,哽咽着说:"真心地感谢你们,我敬你们一杯。"然后,我一饮而尽。

我抬起头来望了望王修田老师,浑浊的眼泪沿着他那沟壑般的皱纹,无声地流下。

吃罢午饭出来,路过村里代销点时,我向代销点老板要两瓶最好的酒。老板难为情地说:"山里人喝不起好酒,最好的酒就是12元一瓶的红蒲公,本来还有两瓶的,今中午被学校的王修田老师赊去一瓶。"

我掏出钱,为王老师付了酒钱,又买上些点心,委托老板给王老师母亲送去。然后,便钻上车,直跑向乡政府……

　　下午,我们又去看望了民办教师——边洪柱、杨士安。他们都一样的清苦,一样的不屈,一样的期盼。回去的路上,录音机播放着《还珠格格》的插曲。听着悠扬的歌曲,我暗暗地问自己:王修田、边洪柱、杨士安等人对教育爱了一辈子,恨了一辈子,盼了一辈子,将来能得到一个好名分吗?作为一个政策的执行者,我深知自己不能回答。我把目光投向朝着远方延伸的铁路,一块块枕木就横卧在那里,任凭风吹,任凭雨打,可它不声不响,无索无求。正是有了这一块块枕木,一列列火车才能在祖国大地上一往无前地飞奔……

用生命延续"退休民办教师"这一名分

　　不知是连日的奔波,还是风大受凉,采访结束的当天晚上,我就感冒发烧,在医院挂了三天吊瓶。第四天一上班,科里的张老师就告诉我,边河的一位常老师已经来找过我三次,今天可能还会来。果然,不一会儿,原边河中心校的张校长就领着一位白发苍苍的老师来了。

　　老教师叫常来建,边河乡北刘小学民办教师。

　　常老师很急切,没坐下就说开了。

　　"俺听说张科长到边河同民办教师谈话了,不知道为啥没同俺谈,是不是这次转正又不行了?这几天俺心里急得慌,不管你忙不忙,大老远跑来就想问一个确信。"看得出,常老师很疲惫,恐怕已经好几天没睡好觉了,两个眼角还挂着眼屎。

　　我忙向常老师解释说:"常老师,你别急。民师转正的文件还没有下,我找一部分民办教师谈话只是想了解情况,为市里召开的民办教师座谈会做准备,没别的。"

　　听完后,他还怔怔地望着我,仍有些半信半疑。

"是吗？是这样吗？"

"是这样。过几天市里就召开座谈会,开会后才能制定文件,办理民办教师转正手续。"我肯定地说。

"噢,真是这样。"常老师长长地舒了口气。

我又问他多大年龄了。他说:"属小龙(蛇)的,1941年生的。"

"噢……已经61岁了。"我嘴上没说,但心里明白,他去年就应该退休了,到现在没办退休手续,就是为了等最后一线希望,但这一线希望已经崩溃了。

我说:"常老师,这样吧,你回去把任民办教师的资历写一写,看看能不能向上级反映反映。如果不能转正,领导能给退休民办教师提高一下待遇也行吗？"

他一听,露出了笑脸,说:"那可好,回去后我马上写。"说完后,他拿起已经缺毛少皮的老"北京"牌挎包乐呵呵地走了。

第二天下午,领着常老师来的张校长给我送来了材料。我一看用微机打印的,非常正规,用了不少工夫。常老师写道:

我叫常来建,家住边河乡北刘村。1958年8月任民办教师至今(1965年市里抽调搞社教中断两年)。教师是我最向往的职业,自从担任民办教师后,我就把一颗赤诚的心和最美好的年华都奉献给了我所热爱的教育事业。

弹指间四十多年过去了,那时只有17岁的我,现在已是须发苍白的老头。回顾这四十多年来的点点滴滴,始终立足本职,教书育人、勤奋好学,全心全意为教育事业洒尽了汗水。

1958年8月,我同全乡11名民师参加博山县(边河乡原属博山县)民师培训,一个多月后经测试合格回村任教。当时教学没人管。我们师生就自己动手,没有教室,我们就借农户分到的地主家的一座破土楼子(下层是两扇铁皮门,一架木梯上楼)做了教室;没有桌凳,就用土坯砌了几行垛子，学生自带座位，找木工钉了两块小黑板，办起了学校。到了第二年，楼要倒塌，又借了两间民房用。就这样，今年借东家，明年借西家，从村南借到村北，直到6年后盖起学校。

三年"自然灾害"时，国家经济困难，人民生活困难，民办教师更是困难。由于生活所迫，有不少人另寻职业，我那11个同行就溜了5个。每天早上6点到校学习、上课，晚上在昏暗的煤油灯下，三四个人挤在一张办公桌上备课、批改作业。办公用的煤油也按计划供应，点灯用油也不敢有丝毫的浪费。

1965年5月，由于工作成绩突出，政治素质过硬，我被调到"市社教队"协助工作，搞农田基本建设，直到1967年1月，社教队全部撤回，我又调回北刘学校任教并兼任学校负责人。

1974年北刘村要建新学校了，村里干部事多靠不上，就让我具体负责筹建和监督施工工作。那时，运输工具很落后，道路又难走，石料运送不及时，我就带领教师们拉车运石、运砖。那年秋天，我带领6名青壮年教师用地排车干了一个多月，为学校运送大条石一百多方。历尽两年时间，北刘小学彻底告别了黑屋子、土台子，实现了我要建所新学校的理想。1976年秋，边河乡"校改现场会"在我校召开。从1986年开始，我又筹建了南刘联小、东张小学。我也先后被评为"乡先进教育工作者""区先进教育工作者"和"区优秀班主任"。

回顾从教四十多年的工作经历，这四十年是我人生的黄金年华。期间有结婚的忙碌，有拉扯孩子的艰辛，又有赡养老人的劳累。家中的所有困难我都留给了家人，自己全身心地扑在教育事业上，一心把学生教好，我一直想着能成为一名堂堂正正的公办教师，但是命运始终在捉弄我，每次民师转正不是因教龄中断，就是学历偏低，次次把我挡在了门外。实在指望这最后一次转正机会能赶上，但最近看来又很渺茫，我非常痛心……

我们查过全区民师的档案,常来建老师只是其中的一个。由于各种各样原因而不符合民办教师转正政策的,还有刘慰农、相鹤锋、朱奉真、付士安、徐培英等等。最令人痛心的是在办理民师转正手续中,稷下街道安次小学民办教师王英金遇交通事故身亡。任何一项政策都要有条条框框,有一定的界线。不能转正的老民办教师只能办理退休手续,他们连同已经退休的108名民办教师,在教坛下用生命延续着"退休民办教师"这一名分。

区长说:是民办教师培养了大家

我们是在一个晴朗的下午收到最后一批民办教师转正文件的。

民办教师转正的条件很宽松。硬条件有三条:一是1985年登记在编并持有原省教委统一印制的任教证书的民办教师;二是截至2001年12月底,男年龄不超过60周岁(1942年1月1日以后出生),女年龄不超过55周岁(1947年1月1日以后出生)的在职民办教师。三是2001年参加竞争上岗被学校聘任,年度工作考核连续3年均为称职以上等次。

2002年9月5日下午2点40分,临淄区政府大楼三楼区长办公会会议室。原区教育局局长、现区政府副区长张士友向区长办公会汇报民办教师转正工作。

原分管教育的副区长、现区委常委、宣传部长王秀荣说:"民办教师是农村普及九年制义务教育的一支主要力量,他们为全区教育事业做出了突出贡献。民办教师转正的条件到60周岁,这是亘古未有的大好事,充分体现了党和政府对民办教师的关心和照顾。"

原临淄区政府区长、现区委书记解维俊说:"民办教师是特定历史条件下形成的中小学教师队伍,曾经支撑了我们广大农村的义务教育。我们大家都出自农村,受过民办教师的培养教育。可以这样说:

如果没有民办教师就没有我们大家的今天,社会不会忘记他们,历史更不会忘记他们。今天上级有要求,区里有能力,我们有责任给民办教师解决转正问题。对符合条件的,要不留尾巴,一次性解决,工资待遇全部按上级政策要求兑现。"民办教师转正工作在区长办公会上一次通过,并把这项工作作为区政府在教师节期间为教师办的好事、实事之一。

走出会议室,一股热浪迎面扑来。我的眼睛有些湿润了,我为93名民办教师高兴。他们的付出得到了汇报,他们的成绩得到了承认,他们的希望变成了现实,最后一批民办教师终于彻底退出了历史舞台。

(发表于2006年《时代文学》第二期)

读者反馈

"一个教师上好一节课容易,但上好每一节课却不容易;做一辈子老师容易,但做一辈子让学生尊重的好老师却不容易。"许多的民办教师用自己的行动践行着一位好教师的责任,默默无闻,奉献自己,或许他们被人遗忘,但是作者用自己的行动去关心他们,并为他们争取利益,其中的艰难只有自己知道。但文中只字未提,提的最多的是民办老师的生活及待遇。当有人感谢时,幸福感又成为永久的回忆,真可谓:爱人者,人恒爱;敬人者,人恒敬。

"四·二八"胶济铁路特别重大火车相撞事故八周年祭

题记：

这是百年铁路史上最悲惨的记忆，死亡72人，伤416人，直接经济损失4190余万元，导致胶济铁路上行、下行线停止运行21小时22分。这是一场本可以避免的浩劫，这是一场本不该发生的悲剧……

八年过去了，风沙的磨砺，依旧掩埋不了当年的狼藉；岁月的积淀，让这场事故的亲历者，有不同的感悟和理解，但颠覆瞬间的惊愕和恐慌，成为他们脑海深处终生永不磨灭的共同记忆。

一

2008年4月28日凌晨，中铁二十局施工队挖掘机司机聂师傅正在施工。鲁中地区春夏交接时干燥少雨，为了赶工期，好多建筑行业往往是歇人不歇马，白加黑连轴干。从晚上十点接班，聂师傅已干了六个多小时，疲劳和瞌睡一起袭扰着他。突然，"咔嚓嚓"的钢铁断裂声，从东边的铁路上传来，声音盖过了挖掘机的"突突"声。他停下挖掘机，往东望去，天色刚刚放亮，四五百米外的铁路上空晨光熹微，一片烟雾腾空而起。聂师傅走下驾驶棚，蹒跚地爬上近十米高的土堆，抽出一支烟，边摸打火机边思忖：火车到底出了什么事情？

升起的雾是烟灰,还是尘土?出事的,是客车还是货车?就在他百思不解,打开打火机的同时,他看到发出"咔嚓"声处的地方,先是一束光亮自东往西,接着雾霭下两列火车像两条巨龙瞬间扭成了一团,迸出几十米远火花,划破了凌晨的夜空,撞击的震动掀了聂师傅一个趔趄,打火机和烟同时甩了出去。先是"哐当"的一声巨响,接着便是车厢滚动的"轰隆"声和拧着钢铁扭拽的"吱吱"声,烟雾再一次腾空而起。聂师傅用力抹了一把脸,睁大了眼又一次往东望去,这时他确认看到的不是电影中的片断,而是眼睁睁的现实,两列火车撞到了一起。于是,他顺着大桥下面的小路,飞速地向东跑去。

聂师傅,是我们了解到的唯一看见两列火车相撞的目击证人。

前坡村西养殖户张复连在睡梦中突然听到"轰隆"一声,以为是经常路过房后拉石子的汽车翻车,赶紧披衣起来看,还没出门,又听见一声剧烈的"咣当"声,随后是更加猛烈的轰隆声。跑出门口,张复连看见紧贴房后的公路北边尘土弥漫,把平时高大厚重的铁路路基完全掩藏了起来。尘雾中,传出了呼喊声,起先是一声、两声,慢慢地声音越来越多、越来越大、越来越凄惨。借着晨光,他隐约看到四五节草绿色的车厢横卧在东西铁路上,五六节白灰红相间的车厢斜躺在路基南边。呼喊声就是从路基下的车厢中传来的。他意识到火车出大事了。

他第一个冲到事发地,发现有一名女乘客正坐在地上,怀中抱着孩子哭喊。另一名男乘客正在用手机报警,但说不清出事地点。张复连一把抢过手机,迅速向110报告事发地点。随后,他转身操起地上的石头,砸开车窗救出了一名女乘客,又从车厢中找到一根铁棍,沿着受损车厢将车窗一一砸碎,为乘客逃生赢得了宝贵时间。

出事地点的东边100多米是前坡村,西南300多米是和家村,听见呼喊的村民们赶来了,循着呼叫声,有的爬上敞开的车门,搀扶着伤者交给下面接着的人们，放到远一点的麦田中；有的根据伤者的知觉情况，能拖的拖，能拽的拽；有的从家中扛来了梯子，把情急中爬上车顶的人们接了下来。笨重的铁棍、路边的石块，都成了最好的救援工具。憨厚质朴的百姓，不懂得抢救的知识，也顾不上技巧和方法，伸出了粗糙但却温暖无比的双手，单凭着一身的力气，完成着一次次救援，让伤者尽快离开这危险的境地，救出来一个，还有下一个，下一个……一扇扇破碎的窗子，一条条裂开的缝隙，都是一条条生命的通道，都是一个个生命的希望。

4时38分，北京到青岛T195八节车厢脱轨离线。

4时41分，烟台至徐州5034列车撞向脱轨停在路基上的三节车厢。

4时50分，前坡村民第一批到达救援现场。

4时55分，周村区110民警到达。

5点整，120救援车到达救援。

5点40分，1200名武警战士陆续赶到。

8点前，绝大多数伤员被分别送往淄博市23家医院进行救治。

11点前，所有遇难者遗体被分别安放到淄博市8个区县的殡仪馆和殡葬服务中心。

当天，淄博市调动34个急救站，出动救护车132车次，及时抢救运送伤员；紧急调动全市50家企业的197台（套）吊车、电气焊切割机和806名操作人员赶赴现场协助抢救人员、抢修线路和清理现场。经过22个小时的奋战，胶济铁路全线正式恢复通车，沿线各站旅客全部得到疏散。

事故发生后，数十万淄博人，用无私的情怀和浓浓爱意，展开了一场前所未有的救援行动，铁道旁、病房里、献血站，处处洋溢着温暖和感动。

二

4月29日早上7点半,区教育局的文武副局长就带着包保组的四名成员分别乘坐一辆小车和一辆中型金杯面包车到达了城东的殡仪馆。文武副局长的手中攥着一张一分钱纸币大小的白色纸片,纸片上只有一个数字"36"。他紧皱着眉头,时而把纸片卷成一根小棍捏一捏,时而展开放在手心翻来覆去地瞅一瞅。他知道这张小小纸片代表着一具尸体,记载着一个短暂的生命,毁坏了一个家庭的美满和幸福,后面有数张痛苦不堪的脸庞。他们要等待的就是这张纸片所代表的家属,这段时间里他要和他们共吃共住,还要违心地斗智斗勇。

文武等人在尸体冷冻室前等了一个多小时,来认领尸体的人还没到。一群穿白衣、戴黑纱的人,在东边火化车间外又哭又喊,用悲伤倾诉对已逝去亲人的留恋,几个人死命地架着一个挣扎欲前的女人。这时,文武想起了陶渊明的《拟挽歌辞》:

荒草何茫茫,白杨亦萧萧。
严霜九月中,送我出远郊。
四面无人居,高坟正嶣峣。
马为仰天鸣,风为自萧条。
幽室一已闭,千年不复朝。
千年不复朝,贤达无奈何。
向来相送人,各自还其家。
亲戚或余悲,他人亦已歌。
死去何所道,托体同山阿。

一会儿,高大的烟囱中冒出一股乌黑的浓烟,散发着浓烈的柴油味。这时,负责尸体认领的民政局贾副局长喊道:"各包保组的领导,因认领家属大部分住在周村,他们赶过来还要一段时间,所以大家不要走远了，可以到南边院里等着，家属来了，我叫大家。"

本来难闻的味道，再加上伤感的气氛，大家就想离开，经贾副局长一说，等着的人齐刷刷地退到了南边的办公区。

文武退到了带来的小车上，手上仍然攥着那张区政府领导交给的小纸片，端详着这唯一的数字"36"。当地有个风俗，"要想走，三六九"，就是说出门最好选在初三、六、九，这几个数字也算为吉祥数字。文武心想，这个"36"，是不是预示这个"山药"不是那么烫。他知道他们所面对就是一件装儿当孙子、费力不讨好的事。不愿意干，还要干，而且必须干好，这就叫政治任务。他只能祈望"36"号遇难家属，通情达理，不胡搅蛮缠。

从地域上说，他更希望遇难者，要么是淄博当地，来往的家属不用安排食宿，还容易找人做说服的工作；要么远一点，因为不方便，能来的家属只能是关系较近的，人少挑事的少，事情也容易处理；最怕是不远不近的潍坊地区，由于相邻地市，家属来往方便，人多嘴杂，事情难办。

车外政府的办事员来来往往，忙得马不停蹄，其他包保组的人三五一群，扯东拉西，中心都离不开火车相撞的事故。文武闭上眼睛，边休息边追想着手头上这件事。

前一天，是全市的第二次高考模拟考试，文武在三中蹲点督考。在校园内遇上三中的司机小李，小李当作新闻地对他讲：网上公布了，今天早上四点多，周村发生了火车相撞事故，死伤人员很多，还统计不出来。

小李的话，文武并没有放到心上。事发地离他们三十多公里，不会和他们有关系，即使有，用得到的往往也是医护人员。况且，高速发展的经济，在给老百姓带来实惠的同时，危险也处处存在。这几年，死二三十人的交通事故已经见多不怪了。

晚上九点半，他接到局长的电话。局长要求他迅速打车到区政府九楼参加紧急会议，谁主持召开？不知道！什么内容？不知道！

文武找到局长坐下，问局长什么事这么急？局长压低了声音告诉他安排处理周村铁路火车相撞事故。

会议由区委书记亲自主持，首先由付区长传达了周村铁路事故情况和国务院、省委、省政府的要求：事故共有十具死亡尸体被安放到区殡仪馆，根据上级要求由法院、检察院、教育局等十个部门成立十个包保组，每个包保组由5名地方干部、1名铁路工作人员组成，负责一具尸体的安抚处理工作。随后，女区长讲话：要求抽调人员要放下手头所有工作，作为事故处理的突击队员，在国家危难之时，要敢于挺身而出，迎难而上，敢于负责，勇于担忧。在事故处理过程中包保组同志要做到"打不还手，骂不还口"，必须做到感情上同情、言语上真情、行动上热情，有问必答，有求必应。

最后，书记强调。书记是胶东人，口音艰涩难懂，经常把有些字的拼音ch读成qi、p读成b，但语气很坚定。他讲了四点："一是胶济铁路相撞事故世界嘱目，党中央、国务院主要领导专门作出指示，参与的同志要以百倍的努力做好这项工作。二是每个包保组代表的不是你的部门和单位，也不是我们临淄区，而是代表国务院，包保组的全称为'国务院胶济铁路四•二八事故处理第×小组'。三是每一名同志要有长期坚持的决心，事故处理不完不能撤，24小时不能离开宾馆。四是强化工作策略和方法，做到原则与灵活性相结合，在灵活性上多做文章。"

会议结束，已十一点多钟。文武和局长站在广场上，商议抽调哪些同志参与，最后确定了玉强、翠刚、海武、元明等四名同志，当天晚上下好通知，第二天早上七点前做好全力以赴的准备。

太阳已升得老高了，气温也上来了，车内的闷热使文武焦躁不安。文武副局长从车里下来,刚要脱下西装上衣。这时,他看到贾副局长站在南北两个院之间的圆门处,正在扯着嗓子地喊:"36号,36号家属来了。"

文武副局长及工作人员马上跑到跟前,和来人一边握手,一边自我介绍说:"我们是区教育局的工作人员,根据上级要求作为地方代表,全权负责接待36号遇难者的家属工作。"

来人中,为首的那人五六十岁、中等偏上身材。白净的脸庞,双眼布满了暗红的血丝,眼角堆满了眼屎。一看就知道他已彻夜无眠,但从穿戴打扮和身材保养上看,他一定是一个历经风雨、见过世面的人。

听说文武等人是区教育局的工作人员,与事故责任没有任何的牵连,而且是负责接待照顾他们的。他们满脸的怨恨和愤怒立时泄去,仿佛一只拳头打在棉花上,有劲无处使。这让文武等人不得不佩服领导的高明,让与事无关的地方部门接待,让直接责任人——铁路部门躲在后面,会避免引发很多次生的恶性事件和不必要的麻烦。

为首者强忍悲痛,与文武等人握手表示谢意,并自称是遇难者的大舅,姓管。遇难者叫骡玲,是潍坊监狱(山东省×监狱)生建机械厂的职工。来者有遇难者的三个舅舅、一个姨,还有十个表兄妹。

一听是潍坊,文武的心一沉,但仍不动声色地问:"她对象和父母怎么没来?"

为首的管同志说:"她对象在事故中受轻伤,五岁的小姑娘受重伤,都在周村住院,父母及弟弟还在北京,车不通,过不来。这次是一家三口去北京参加完弟弟的婚礼,晚上赶着回来,为了不耽误周一上班!谁想到发生了这样的事!"说到这里,老管同志双手捂住了脸,眼泪不住地从指缝中淌下,其他人也跟着不停地啜泣。一看这情形,文武等人马上劝众亲属上车。他们和民政局领导交接完毕,全部安排妥当后,驾驶着两辆车还有亲属带着的三辆车,一起向亚细亚大酒店开去。

三

亚细亚大酒店位于火车站、汽车站的北面,交通非常便利。在小城曾是当年最好的酒店,只是斜对面盖起了三十多层的五星级酒店——齐都大厦,才渐渐失去了往日的领先地位。酒店的一楼、二楼是饭店,三楼以上是宾馆。

为了避免遇难者亲属在事故处理过程中互相商量、串通,甚至聚集上访,每个酒店只安排一个遇难者的家属,也就是说十个遇难者的家属分别被安排到了小城的十个酒店,而且相隔较远的距离。

36号遇难者骡玲的家属全部被安排在了亚细亚大酒店的三楼阳面。窗外对着一个大露台,离窗也就两米高。这样安排不仅是为了家属的方便,更是为了防止家属过度悲伤而出现跳楼伤亡事故,导致老问题没处理又出现新问题。工作人员全部安排到了家属的对面,便于有情况时能随时跟上服务。铁路上来了一名姓魏的五十多岁的女同志,她是车站的一名会计,对于处理的政策一问三不知。为了确保她的安全,避免家属因她是铁路上的与之发生冲突,文武把她安排到了四楼,并嘱咐她如若不是包保组找她,尽量少露面。

在包保组进行人员安排时,文武和局长就充分考虑了人员的配备情况,文武具体领导和负责,两名同志负责家属接待,一名同志负责上下信息报送,一名同志负责财务和车辆。亲属一入住,负责接待的同志就端送上新鲜的水果。亲属们洗漱完毕,安排他们到对面的齐都大厦用免费的自助餐。工作人员从小事入手,从感情上先和遇难者亲属拉近关系,不形成对立。

午后两点多,估计骡玲的亲属应该休息好了。文武副局长敲开了领着来的老管同志的房门，老管同志的心情已经平复，正抱着一个茶色的大杯子在喝水。老管同志说起话来慢条斯理，思路清晰，条理明白，沉稳老练。谈话间，才知道老管同志刚刚退休，以前在房管局从事工会工作，多年来，他一直帮着单位处理这类事情。

文武副局长说明来意：一是了解遇难者的基本情况，便于向上级汇报；二是了解老管同志与其他亲属的联系情况，什么时间过来，应该如何接送，怎样接待？

老管同志是明事之人，知道文武他们是为了推进工作、帮遇难亲属解决问题，便把来龙去脉详细地介绍了一遍。

骡玲，女，34岁，潍坊人，山东省第×监狱生建机械厂工人。骡玲身材矮小，学习又一般，高中毕业后，父亲提前退休，她顶替父亲到监狱下属的机械厂任长期合同工。因为身材的原因，她在婚姻上相对困难，年龄比较大了，才找了个城中村的农民工，名叫李涛，在市水利局干临时工。五岁的女儿在事故中受重伤，脸部擦伤严重，可能还需要做整形手术。

父亲，骡俊利，原为空军飞机维修技师，后来转业到省第×监狱任公安干警。

弟弟，骡军，航天局第一研究院×所职工，于上周日上午结婚，周一早上就发生了事故。

周一早上九点多，老管同志家人得到发生事故的消息。他们赶到周村时，已经下午两、三点钟。淄博市政府当天并没有安排尸体认领工作，所以他们一直在周村解放军148医院看护伤者。开始认领后，因为没有确认信息，他们只好一个个殡仪馆找，一具具尸体地认，他们找了淄博市、桓台县殡仪馆后，才来到的临淄。

谈到这儿，文武拿起暖瓶给老管同志添了添水，问道："你说为什么骡玲伤得这么厉害呢，他对象却基本没事呢？"

老管同志盖好杯子盖,继续说:"听她对象李涛说,本来没想当天回来,但考虑周一还要请假,请一次假就扣全月的奖金300元钱。骡玲急着买了当天的票,为了省钱就买了一张卧铺票,她和孩子睡在一起。李涛买的是硬座车票,在前边的车箱内,车箱翻滚时他只受了擦伤。"

事故处理结束后,文武曾反复观看中央电视台的事故模拟动画,T195先是9到17节脱轨,其中前5节滚下了路基,第14节车厢也就是骡玲所在的车厢正好在5034列车的线路上停了不到三分钟。可以想见,在T195脱轨时,她们母子受了惊吓,但并没有被伤害。在不明事由的情况下,等待时机是人的本能,甚至可能是列车员让她们慢慢等待事故处理的消息。可就在这不到三分钟的时间内,另一列火车正在向他们高速开来,死神和痛苦一步步向她们逼近。在撞击的一刹那,骡玲本能地抱紧了孩子,在没有任何保护措施的情况下,强大的外来冲击力把她们从窗子里重重地摔了出去。

每当想到此,文武总会沉思,在人生最危险的时刻,一个怀抱挽救了一条生命,一个矮小的身躯给孩子开辟了一条生命的通道,不管是出于亲情,还是母爱,不管是出于本能,还是有意为之,用自己的死去挽救别人的生命,这就是一种伟大的所在。

最后,文武又问了老管同志骡玲亲属的安排。老管同志告诉他因为胶济铁路刚修通,她的父母及弟弟、弟媳明天早上赶到,晚上需要派车去张店接人。她的对象及部分朋友,还有单位的领导估计25人,明天上午分别从周村、潍坊赶过来。

和老管同志告辞出来,紧张的心情轻松了许多。尽管文武是第一次和遇难者家属交流,但由于彼此都是政工出身,相同的话题比较多,对事物的认识也能达成统一,工作顺利迈出了第一步。通过几个小时的观察,文武也感受到老管同志的重要性,虽然这人话语不多,但句句能说到点子上；动作不大，但来的所有人都围绕着他在做事，老管同志一定是突破事件的关键人物。

文武把老管同志安排的事情记到了小本子上，把所有的工作人员召集到他的房间，对家属安排的事情一一进行了布置安排，又反复核对了几次，确保没有纰漏后，文武赶到区政府九楼参加第一天的工作汇报会。

晚上的汇报会，定在九点开始，满屋子的人都到齐了。工作人员说：书记、区长还在市里召开紧急会，大家不要走远，领导回来随时召开。

等待中，文武才知道国务院副总理到了，省委书记、省长都亲自给各区县书记、区长开会，分管的郭副省长亲自坐镇，如同文武他们一样，事情不结束不允许收兵。

一直等到十一点，书记、区长才急匆匆地走上主席台。各小组汇报了遇难者情况、家属情况、家属的要求、下一步工作思路和安排。每一个遇难者背后都饱含亲属的辛酸和泪水，每一件伤痛都充满对直接责任者的愤怒声讨和控诉。

王×婷，淄川人，北京市对外经贸大学日语系二年级研究生。身高一米七以上，漂亮优雅。因为这次的火车撞击事件，年龄永远定格在了24岁，满腹才华，连同对未来的美好梦想，全部融化到了泥土中。

王×婷已和一个日资企业签约，开始在企业进行就业前的实习工作，工作后月薪三万元。回家原因：一是五一休假；二是找了一个对象，家里不太满意，她想回来再做做父母的工作。

当日，王×婷买的是硬座票，在取票时，正好有一个退票的，她就改签了卧铺车票。她不知道，就是这次"幸运"的改签，让这个年轻的生命走到了人生的尽头；她不知道，她侥幸得到的这张硬纸片不是回家的票据，而是打开她人生地狱之门的钥匙。

列车开过章丘不多时，王×婷被列车员叫起来换票，并收拾东西准备下车。快到王村时，在淄博站等着她的爸爸、弟弟和她通了电话，她说已到达车门口，十几分钟后就到淄博站。这是父女的最后一次通话，是爸爸听到女儿的最后声音，也是一个生命的最后遗言。

王×婷的爸爸等在车站，十分钟过去、二十分钟过去，女儿还没有出现。半个小时了，这时车站公示栏打出"T195列车出现铁路故障，晚点。"王×婷的爸爸接着给女儿打电话，电话有信号，但女儿没有接听。王×婷爸爸又打了几次，仍然不接听。他有点着急了，就问车站工作人员，工作人员告诉他只听说发生故障，其他情况他们也不知道，让他再耐心地等等。

他接着又一遍遍给女儿打电话，直到六点多，电话终于接通了，但接电话的不是他女儿，而是一个男人。这个男人告诉他，火车在周村区发生了相撞事故，死伤很严重，他也是来救援的，看到地上的手机不断地呼叫，就接了他的电话。王×婷爸爸询问女儿的情况，事故大约发生在什么地方，接电话的人只说在周村城的南部，现场乱糟糟的，什么也分不清。

挂断电话，王×婷爸爸慌了，马上开起车，向周村赶去。因为具体地点不明，找到事故现场时，已近八点，武警早已封锁现场，除救援人员外，任何人不许进入。

王×婷爸爸在周村找了一天，所有的伤者全部查看了，就是没有找到女儿。29日，全家人确认王×婷尸体后，他看到女儿只是在脸上的眉心处有一个三角小口，其他部位并没有大伤，就质疑是不是救援不利造成了女儿死亡。家属质问铁路部门，为什么不实事求是地公示事情真相？如果第一时间得知发生事故，及时赶到现场，或许女儿会有生的希望。当然，这只是"假设和如果"。按照王×婷爸爸所说，女儿已经到了车门处，而T195第14节车厢的前车门处正是5034列车冲撞的正面部位，即使没有外伤，剧烈的震动也完全可以置人于死地。因此处于此车厢，在淄博下车的四名同志无一幸免。

薛×，男，23岁，青岛人，×大学在读研究生。

薛×的爸爸是青岛×局工会主席，因为有业务关系，淄博市对口局领导出于人道的帮助，陪薛×爸爸辨认尸体，八个存尸点都进行了辨认，但没有发现儿子的尸体，从伤员处也找不到儿子。最后，再次来到区殡仪馆，发现有一具尸体只有一条腿，再看脚指甲有灰指甲的痕迹。而这位工会主席家族也有灰指甲的病史，他感觉这条腿是其儿子的遗体。最后经过公安部门的DNA鉴定，这就是他儿子——薛×。

曾经这是一条活生生的生命，一个家庭的未来和希望，而此刻摆在父母面前的只有一条冰冷的腿，此情此景，身处其中，面对当事人，才知道什么叫撕心裂肺，什么叫肝肠寸断，什么叫痛彻心扉。

赵×纬，男，42岁，×电视台记者，到北京对接第29届奥运会转播事宜，因为事故，对他来说，转播奥运会成为永远不能完成的任务。

张××，男，53岁，潍坊市临朐人，到北京协和医院进行腹部手术，全身缠满了绷带，因贫穷而提前出院。他没因病而亡，也没因手术而终，却因铁路部门的责任事故，而走到了生命的终点。

宋×利，男，51岁，国土资源部干部。29日上午给潍坊×培训班上课，因为事故，他的课成为学员们永久的等待。

凡此种种，不一而足。

72条生命，条条都书写着悲惨和血泪，可惜不能靠纸和笔一一具述。在这儿改动一首不知名网友的小诗作为这一节的结语：

生命的门槛

你们的生命是如此的短暂，

像流星划破夜空的黑暗；

你们的离去是如此的匆忙，

像北风刮过荒凉的雪原；

不知你们是否还能看见、听见

双亲的慈颜、儿女声声不已的召唤。

不知你们是否还能感受到

亲朋好友亲爱的温暖……

那缕缕飘逝的青烟，

迷离了多少人的泪眼，

但长久的苦痛，

又岂能随袅烟飘散……

请让我们把酒杯斟满，

为无数冤死的灵魂祭奠！

人的生命如此脆弱，

谁曾想一步走到生命的极端！

没有人知道，

天国的距离有多远？

为什么所有去的人再也不回返？

经历了才明白，生死只隔一道简单的门槛。

四

开完会回到宾馆已经是深夜两点半，所有的工作人员都在等文武副局长。

遇难者的父母和弟弟、弟媳凌晨两点已到。文武听同志们说骆玲的父亲很激动,对铁路部门很愤怒。他不听同志们解释,也不分青红皂白,对着接待的同志大喊大叫,还要找铁路上的人讨要说法。多亏了老管同志及其他家属的劝说,他闹腾了半个多小时后,文武回来时刚刚进房间。同志们等着文武,既是向他诉说委屈,又担心遇上这么不明事理的家属,不知今后的工作该如何做。

文武劝解玉强、翠刚等四名同志说:"国务院副总理、省委、省政府主要领导已亲自到达现场,此事故震惊中外。我们所从事的工作是维护国家形象,为党分忧的大事。上级领导要求包保组成员首先要做到'感情上同情,言语上真情,行动上热情,有问必答,有求必应,打不还手,骂不还口'。支撑家庭的支柱轰然倒塌,家属难以面对现实,有激动情绪是必然的。他们有委屈找不到铁路上同志,就只能向我们倾泻。同志们工作中受点委屈是肯定的,只能正确面对。"

商议明天的工作主要是安排家属和尸体见面,见面时对家属的身体护理很重要,文武让翠刚通知负责36号小组医护的齐都医院派救护车和医护人员陪同。同时为避免家属有过激行为,让负责保卫的闻韶派出所派出干警,设立保卫处并挂牌,地点安在进楼梯的第一个房间。

一切安排妥当,同志们散去,文武和衣躺在床上,翻来覆去地睡不着。他知道在淄博大地上每一个遇难者都是一个火药桶,一旦点燃可能就会引发巨大的恶性事件。每个包保组都在严防死守,保证自己抱着的火药桶不会引爆。

早上六点,文武打开电视新闻频道,第一条新闻就是关于"'四·二八'胶济铁路事故"的。国务院事故调查组组长、安监总局局长王君说:这是一起典型的责任事故。据他介绍,从初步掌握情况看,北京至青岛的T195次列车严重超速,在本应限速每小时80公里的路段,实际时速居然达到每小时131公里。

就此次列车相撞的原因,王君还说:这充分暴露出一些铁路运营企业安全生产认识不到位、领导不到位、安全生产责任不到位、安全生产措施不到位、隐患排查治理不到位和监督管理不到位的严重问题。也反映出基层安全意识薄弱,现场管理存在严重漏洞,安全生产责任没有得到真正落实。

对这起事故的查处,国务院事故调查组表示,要在进一步查明事故发生经过、原因、人员伤亡、经济损失等情况的基础上,认定事故的直接责任、主要责任、重要责任和领导责任,依据有关的法律规定,严肃追究事故相关责任人的责任。铁道部党组已对原济南铁路局有关领导进行免职审查。

七点左右,借安排吃早饭的时间,文武把老管同志叫到房间商量家属与尸体见面的事。老管同志一晚上也没睡好,正为这事发愁呢。尸体已严重扭曲变形,不见面家属不同意,见了面家属接受不了,特别是骡玲的母亲还有严重的冠心病。

文武说:"按当地风俗,不管人死不死,只要不下葬每天都要给死者送饭。让骡玲的弟弟、表兄妹一块去给死者送饭,顺便考虑一下其他亲属能否见面,行不行?"

老管同志说:"潍坊也是这个风俗,临时可以试一试,但不见面恐怕有难度。"

老管同志把骡玲的弟弟骡军叫到文武的房间。骡军二十七八岁的年龄,清瘦的脸庞,略黑的皮肤,高高的个头,说话做事文雅安静,虽一身笔挺的西装,但掩饰不住内心极度的伤感和悲愤。对这个年轻人来说,匆忙的新婚幸福早已被姐姐遇难的噩耗抹得一干二净。多年从教的眼睛,使文武感受到骡军一定是强势父母培养成的乖乖儿子。

坐在床边的骡军两只手捂着脸,头埋在两个膝盖的中间,臀部、脊背和后脑几乎形成了一条直线。听到舅舅和文武的安排后,他慢慢抬起头,说了三个字"试试吧",然后把文武和舅舅扔下,独自出门走了。

骡军刚出门,一女孩捧着一束鲜花进了房间。文武一看,这是早先安排的每两天给遇难家属送一次的鲜花,今天是第一次。文武忙对老管同志说:"骡玲的父母来了,正好花店送来了鲜花,我和他们见个面如何?"

老管同志说:"我姐还缓不过劲来,不愿意见人,我把我姐夫叫过来和你见个面吧。"

文武感觉也合适,便把鲜花递给老管同志。

一会儿工夫,老管同志领着一位七十多岁的老头来到了房间。

老头儿个儿不高,有点干瘦,黝黑的脸上已布满了深褐色的老年斑,布满红丝的眼睛充满了怨恨和不满。文武赶忙和老人握手并扶着老人坐稳,说着安慰同情的话,老人只是点头并不时望望老管同志。这时,老管同志解释说他姐夫是广东梅县客家人,我们的话他们基本听不懂。老管同志把文武的意思转告给老人,并介绍说文武等人是当地区教育局的,负责照顾家属和帮助解决骡玲的事。

听说是地方的同志,骡爸爸的怨恨倒是缓和了许多,他一边感谢着地方,一边谩骂铁道部:"铁路上的人死哪儿去了,平时不是铁老大吗,很牛吗?怎么出了事成了缩头乌龟了?昨天国务院不是对事故定性了?定性就要追查责任,就要出面道歉,就要给遇难者最公正的说法。"

骡爸爸说话带有浓重的南粤口音,文武支起耳朵,使劲地听。他越说越激动,越讲越气愤,唾沫星子喷出了老远。老人不愧是军人、公安出身,对各种事故信息的掌握还是及时准确的。文武也深深地感到,他说话老骡听不懂,老骡的话自己也听不懂。不能交流,就难以理解，不理解就无法达成目标，这无形之中给事故的处理增加了意想不到的困难。

文武听老人说完，忙用带有临淄方言的普通话向老人解释，有些感觉他听不懂的地方，就忍不住重复几遍。文武说："事故的确是铁路部门的责任，但如果只靠铁路上的人来处理，铁路上人员不足。再说他们也不熟悉地方的情况，不能给家属提供最好的服务。更重要的是这次事故死七十余人，伤四百多人，已经不是一个部门的事，而是上升到国务院、整个国家的大事。我们作为地方部门理应为遇难家属提供更好的服务，为国家分忧担责。"

说到这，翠刚进门催大家去吃早饭。文武扶着老人出门，和老管同志分头招呼着大家。并让餐厅根据老管同志的提议，为骡军准备了去殡仪馆给其姐姐送的食品。

九点半，文武正向分管36号小组的区委常委、纪委书记和局长汇报家属来后的情况，走廊中传来了激烈的吵闹声。原来骡军几个年轻人去看了姐姐后，感到尸体严重变形，面目全非。担心他父母去见面受不了刺激，就骗骡爸爸说公安已封锁了殡仪馆，不让家属再见面，如果再见面就要等到尸体火化时。

骡爸爸一听顿时火冒三丈，拿起书包，说要回北京，喊着要买炸药炸掉铁道部。

文武明白后，马上和老管同志拉住骡爸爸，并说作为特殊情况向上级汇报，迅速安排家属去殡仪馆见面。文武回到房间迅速安排了工作人员和救护车辆，由老管同志领着骡玲的父母和弟弟、弟媳向殡仪馆开去。

工作人员回来后和文武说，刚抬出骡玲的尸体，骡妈妈就晕倒了，救护车迅速把老人拉到了齐都医院的专门病房，听医生说已经醒了，正在留院观察。

心脏并无大碍的骡妈妈,下午就回到了宾馆。这次见面,彻底摧垮了骡妈妈的精神,以后的十几天她一直待在房间内,每顿饭都是安排餐厅单独准备,但她很少吃饭。老太太走路、睡觉都抱着骡玲的一件上衣,嘴中不停地喊着:"玲呀,玲呀……"直到事故处理结束,文武除了从背影上感觉骡妈妈身体有点胖外,他就未见过她的正面。

五

　　骡玲的对象本来说好上午到达临淄,不知什么原因,下午三点多才到。包保组先安排其到殡仪馆见了面,再来到宾馆见岳父母。陪同他的玉强说,骡玲对象一进房间就跪到了骡爸爸面前,骡爸爸非但没有半点安慰和问候,反而照着女婿的脸扇了两个耳光,并指着他的鼻子骂,为什么老婆死了,他却没有事,他是怎么保护的老婆孩子。并告诫他女婿说这边的事不用女婿管,由骡爸爸全权负责。骡玲的对象一句话也没说,只是不断地啜泣。

　　听到这,文武的心一沉,他为骡玲的对象感到委屈。为了省钱,把安逸和舒适让给了老婆和孩子,因为意想不到的事故却倍受岳父的谩骂和指责。男人有时因为贫穷和懦弱,而缺乏挺直的腰杆。同时他也感到,和骡爸爸这样像石头一样倔强的性格,为人强势、性格怪异,连基本的人之常情都不顾的人打交道倍感压力。

　　想到这,文武和玉强、翠刚半开玩笑地说:"以后给儿子找对象可不敢攀高枝,还是我们老百姓讲的要'门当户对',不然,儿子一辈子不幸福。"

　　晚上,区政府的工作会除了各小组的工作进展汇报和领导的要求外,主要是传达死亡人员的赔付标准,每人20万元。铁路部门的赔付标准的确有点霸道,负有责任的才有赔付,而且比公路交通的死亡标准还要低许多。每个工作组都感觉安抚工作很难做,但谁也不提意见。大家知道这个标准区委、区政府也决定不了,只能硬着头皮往前拱,明知不能为而为之,这就叫讲政治。

会议结束后,区纪委书记和局长代表区委、区政府对遇难家属进行了慰问,对遇难事件给予了很大的同情,对责任人给予了极力谴责。领导就是领导,一通话把骡爸爸当时哄得脸上有了笑意,最后握着手把领导送出门。

领导走后,文武把上级的要求和老管同志做了初步交流,并让他和骡爸爸说说,明天领导要和家属谈谈具体事件的处理问题。

老管同志出门前告诉文武:"明天下午他就回潍坊了,后天是他父亲84岁生日,外甥出了这么大的事情都没敢告诉老人,再不回去瞒不住了。"

文武知道老管同志讲的是实情,同时也知道老管同志是找条撤退的最好理由。处理这种事,作为亲戚来讲只是帮忙,话说多说少都不好,有这么强势的姐夫,知难而退也是明智。但对于36号工作组来说,刚刚形成的沟通渠道突然被堵,文武不免怅然若失。

因为有前天的铺垫,第二天的谈判从较为融洽的气氛开始。只是一开始,文武发现骡玲的对象不在而有些惊讶,忙左右找他。

骡爸爸看出了文武的意思,忙说:"骡玲对象今天早上吃过饭就走了,周村那边孩子还小,受伤又重离不开他,再说他也受伤。这边的事他不管了,这是他的委托书。"说着把一张纸递到了文武面前。

文武打开一看,手写的四五行字:

委托书

因本人及女儿在事故中均受伤,至今头疼脑涨,神志不清,妻子骡玲死亡一事的处理,全权委托岳父骡俊利负责。

委托人:李涛

2008.4.30

文武看完后，心里凉了半截，应该做主说了算的退却了，而且推得一干二净，合理合法，工作组只能和最不想打交道的骡爸爸硬碰硬了。

文武把委托书传给局长和纪委书记，纪委书记黑红脸膛，说话一板一眼，严肃中透露着刚强。他二十四五岁就开始在乡镇干镇长，多年的历练，使他对复杂事件的处理有丰富的经验。

纪委书记扫了一眼，把委托书往床上轻轻一拍，说："这样更好。听说老骡同志当过兵、干过公安，标准政策比工作组都清楚，我们交流更容易统一意见。"

"骡玲已去世三四天了，风俗上讲求死者为大，入土为安，看看家属有什么想法，我们需要做什么工作？"纪委书记把来意说明白了。

骡爸爸早有思想准备，单刀直入地说："那铁路部门什么态度，善后什么标准？"

"根据2007年国务院令第501号《铁路交通事故应急救援和调查处理条例》规定，旅客人身伤亡赔偿限额15万元，行李损失赔偿限额2000元。加上强制保险2万元。考虑到这次事故是铁路部门的责任事故，而且部分家属相对困难，增加补助3万元。骨灰盒不超1500元，死者的衣服统一配发。现在的标准是20.2万元，但上不封顶，只要上级有对这次事故的新标准，马上在20万元的基础上，执行新标准，在签订合同时，可以明确写上这一条。"纪委书记解释道。

骡爸爸一听只有20万元。腾地跳了起来，高声喊道："国务院令是谁制订的，不是铁道部吗？铁道部制订的就是'霸王条款'，是杀人犯用自己制订的法令对自己进行裁决；我们坚决要求铁道部领导出面道歉，要求铁路部门必须有生命索赔，不然的话，我给铁道部30万元，要铁道部一条人命，行不行？"

房间的气氛一下子凝滞了。过了两三分钟，局长马上劝道："老前辈先别生气,上级规定是这样,今天只是传达,具体还要看家属的态度和想法。我们谈是为了解决问题,不是为了泄愤,更不是为了赌气。"

文武拿起暖瓶给各位倒了一圈水,算是进一步缓和一下气氛。

纪委书记看到骡爸爸歇斯底里,知道现在家属还沉浸在悲痛和愤恨之中。今天只能是亮一亮政策,互相摸摸底,最重要的是让对方亮出底牌,再一步步做工作。

想到这,纪委书记对骡爸爸说:"刚才,我们是传达上级要求,谈判就是要看双方的意见,家属有不同意见,可以提出来,最好是书面的,我们再向上级和铁路部门反映。"

估计再谈下去,也不会有实际结果,在骡爸爸答应提出书面的要求后,第一次谈话草草结束。

整个谈话过程中,老管同志始终在一旁坐着,一言未发。谈完后,他就让文武安排了车,除了骡玲的几个较近亲属外,全部回潍坊了。

六

时间是解决问题的最好方法,时间过去了,问题也就自然解决。对于这一点,文武和36号工作组的同志都很明白,但这需要考验双方的意志和耐力。

五月初的小城,天气冷热变化无常,早上穿西服出门还凉飕飕的,中午穿个半袖衬衫上路已热浪滚滚。大街两旁是高大挺拔的白杨树,白花花的杨絮从刚长出的绿叶中间纷纷飘落,绕着来来往往的人上下飞舞,焦虑和烦躁,如同这令人厌恶的杨絮在文武的心头萦绕。文武一边扶着骡俊利横过马路,一边不时用手向两边为老人驱赶着飞到脸前的杨絮。心烦气躁而不外形于色,见人说人话,见鬼说鬼话,这也是做工作的政治方法。

36号工作组除去在入住的宾馆吃早饭外,为了照顾遇难家属的不同口味,其余的饭一律安排在更高档的马路对面的齐都大厦用自助餐。骡妈妈的饭由餐厅单独准备,尽管变着花样上大虾、海参等珍贵食材,但大家都知道纵使堆满山珍野味,也难以抹平白发送黑发的伤痛,更何况闺女是母亲的小棉袄,十指连心,母女情深。

文武心里明白,事故刚刚过去三四天,事情能处理,当然很好;处理不了的话,他们的主要任务就是安抚,首先要安抚好家属,千方百计地捂好自己怀中的火药桶,保证不被意外引燃。因此,老管同志退却后,文武不得不走到骡俊利的面前,寻求接近的机会。去吃饭时,文武与他边走边聊身体,边吃边谈养生,一会儿给骡爸爸推荐个菜,一会儿又盛个饭、舀个汤,既算是敬畏老人,更是为了进一步融洽关系。

下午四点多,文武正在准备晚上汇报会的材料,骡爸爸拿着张信纸来到他的房间,脸上虽不见一丝笑容,但板着的脸明显松缓许多。手不断地颤抖,纸也上下怗着,他一边坐一边说:"领导不是让我写个要求吗?我写了草稿,你看看。"

文武一惊,没想到骡爸爸这么快就给了回信。他忙倒上水,递到骡爸爸手中,顺势接过信纸。纸上写着:

关于"'四·二八'事故"遇难者骡玲的抚恤申请

骡玲,女,34岁,山东省第 × 监狱机械厂合同工;对象,李涛,34岁,潍坊水务局临时工,在事故中受伤;女儿,李 ×,5岁,在事故中受重伤,需要做整容手术。抚恤要求如下:

骡玲抚恤金:(平均寿命 $72-34$)×1.4265 = 54.207 万

父母亲抚恤金:($72-68$)×2×1.4265 = 11.4

女儿抚恤金:(大学毕业 $22-5$)×1.4265 = 24.25

骡玲因顶替上班,父亲提前离岗,与同类人员比,骡俊利每月少

收入 750 元,应补偿骡俊利:0.075×12月×(34－22＋72－68)年＝14.4万

父母、女儿、对象精神损失费各5万元,计20万元。

共计 132.816 万。

另外两项要求:

1. 骡玲因赶回监狱上班,要求协调监狱按因公伤亡处理,提高父母、女儿的抚恤标准达到现有标准的2倍。

2. 协调潍坊市水务局,将骡玲对象李涛由临时工转为合同工,以提高家庭收入,给孩子生活提供保障。

骡玲家属

2008.5.1

国家规定只有20万,而骡爸爸提出了六倍以上而且严重脱离政策标准的无理要求,让文武始料不及。文武将信纸捏在手里,看完一遍后,故作不懂,又从上往下看着,一边考虑怎么回答骡爸爸,一边平复一下又气又恼的心情。

思量了近十分钟后,文武抬起头,带有商量的口气说:"老前辈,你想得很周到,罗列得也很详细。但有些是不符合上级标准要求的,像骡玲的抚恤金按国家规定最多不超过20年,你却算了38年;父母有退休金的不再享受抚恤金;后两项要求更有难度。不过我们可以协调潍坊市政府和山东省第×监狱来人向家属作出解释。"

文武不紧不慢,不软不硬,但切中了骡俊利的要害。骡爸爸有点急眼,马上又板起了脸说:"今次是责任事故,相当于故意杀人,杀了这么多人,铁路上还能讲标准、讲条件吗？"

看到骡爸爸已不讲道理,文武一时语塞。他忙说很快会把骡爸爸的要求上报铁路和政府部门,总算是把骡爸爸打发走了。

骡爸爸刚出门,文武就把申请书交给了分管材料的玉强,并嘱咐

他保存好。这份材料，文武最多会交给分管的纪委书记和局长看看，他不会上报政府和铁路部门。上级规定很清楚，就是每人二十万，多一分铁路部门也不赔付。骡爸爸提出的要求与上级的规定差距太大，并且还有好多超越法理的无理要求，无法马上答复。

山东省第×监狱根据上级的要求指派了一名劳资科长住到了事故处理现场，作为遇难方的单位代表，负责对遇难后事处理相关政策的解释和说明。对骡爸爸提出骡玲的死按因公死亡处理的要求，劳资科长告诉骡爸爸：政策上规定，上下班途中出现事故的可以按因公死亡。骡玲本身不是在从家到单位上下班的路线上，按因公死亡没有理由。对于提出将骡玲对象由潍坊水务局临时工转为合同工的要求，更不可能答复。做人事工作的文武等人也清楚，国家明确规定：从 2005 年开始，国家实行事业单位逢进必考。不是公开招聘，任何人没有任何理由进入机关、事业单位。

骡爸爸看看自己提出的要求越缩越紧，干脆提出再提高 20 万元精神损失费赔偿，总金额达到 155 万元，达不到要求就要通过香港的亲戚把事故处理过程在凤凰卫视曝光。谈判再一次陷入了僵局。

住在宾馆已经快一周，别的同志可以请个假到单位处理一下各方面的事情，唯独文武不得离开半步，换洗的衣服除了在宾馆凑和着洗洗外，再需要的只能让妻子送到宾馆。在狭小的空间转来转去，还要装着笑脸，掂量着沟通，对人来说简直就是一种折磨。

骡爸爸的工作不好做，只能另辟蹊径。文武让玉强、翠刚和海武等人多和骡玲的弟弟骡军接触，毕竟年轻人共同语言多，交流也方便，旁敲侧击地渗透上级的政策，说明拖下去不但于事无补，还让死者不安，生者不静。

纪委书记、局长和文武则跑到周村，想撬动一下死者对象李涛的工作，毕竟他是最直接的受益人。

纪委书记的家就在周村,而且他是从周村提拔起来的干部,对医院很熟悉。

解放军148医院承担最主要的救治任务,走廊上都安排了床位,陪伴和看望的家属熙熙攘攘。文武提着礼品,在纪委书记的带领下穿来穿去,来到三楼的病房。

十几平方的房间挤了三张床,里面一个,李涛在中间,小姑娘在外面,李涛并无大碍,只是小姑娘头上盖着耳朵竖着缠了一圈绷带,盖着鼻子又横着缠了一圈纱布,眉目之间还有新结的紫黑色疖。小姑娘依偎在姑姑的怀中,趔趔着身子,小手不停地按着一个方形的电子玩具,一会儿响起:"鹅、鹅、鹅,曲项向天歌"的诗句,一会儿又唱起:"小燕子,穿花衣,年年春天来这里"的童谣,边听边高兴地在姑姑的脸前晃来晃去。

此时此刻,文武的心中五味杂陈,这是一个意志坚强的小姑娘,事故的当天,她忍受剧痛,曾受到国务院副总理的慰问和看望,《新闻联播》中的场景成为她姥爷向36号工作组炫耀的资本;这是一个不幸而又幸运的小姑娘,年幼经受莫大的人祸灾难,一生遭受丧母之痛,但危难之时母亲舍命护女,保佑她大难不死,从而昭示小姑娘洪福齐天;这还是一个充满天真和烂漫的小姑娘,眼前的乐趣抹平了刚刚历经的磨砺和痛苦,快乐和惬意写在眉宇之间。这时,文武想起了辛弃疾的《丑奴儿·书博山道中壁》"少年不识愁滋味,爱上层楼,爱上层楼,为赋新词强说愁。而今识尽愁滋味,欲说还休,欲说还休,却道天凉好个秋。"

一下子进来三四个人,病房中很难找到坐的地方,人多也不便于谈事。寒暄几句后,文武等人把李涛叫到了楼下,尽管谈了一个多小时,但李涛一口咬定,骡玲的后事由其岳父全权处理,所有的事情他一概不管。纪委书记和局长好劝歹劝,李涛就是不接招,他们只好作罢。

七

72具尸体能否尽快火化,是对政府的巨大压力。国务院"四·二八"胶济铁路特别重大事故领导小组做出了明确指示:由易到难,分批实施。第一批,铁路部门的遇难职工,必须无条件地服从组织安排,先火化,再安抚。第二批,淄博市当地的遇难者,由所在单位出面做好协调工作,尽早火化。第三批,做好部分申明大义、识大体、顾大局的遇难家属工作,谈的时候,采取上不封顶的做法,只要有新政策,享受最高标准。能往前赶的往前赶。其他的分头继续做好工作。

其中,真有深明大义的遇难家属。国家×建筑材料研究所一名研究员在事故中遇难,家属悲伤过后,冷静下来,知道当地政府要听上级的,不敢罔顾政策。一家人待在宾馆白靠上几天,也难有好的结果。于是,直接按现有的政策签订火化协议,但注明如有新政策按新政策执行。

5月3日下午,36号工作组接到上级命令,安排好本组的工作,第二天上午八点半工作组全体成员到殡仪馆参加该区第一个遇难火化者的追悼会。

参加追悼会的有区主要领导,民政、公安、卫生及十个包保组成员等100多人。因遇难者家在北京,路途遥远,除了亲属外,同事、朋友并不多,100多人中90%是当地领导干部,追悼会简朴而庄重。

巧合的是遇难者毕业于博山的山东建材学校,本人和家属对淄博有深厚的感情,再加上包保组的真诚,当地政府的热情,彻底打动了遇难家属。临走前,他们不但留下了感谢信,而且当包保组领导、成员送家属到高速路口时,全部家属下车排成一排,用中国最隆重的礼仪,下跪磕头表示感谢,包保组成员、家属现场哭成一片。此情此景,可以想见遇难家属的高风峻节和感恩图报的情怀。

各包保组参加追悼会表达哀悼的同时,实际上也是一个无言的现场会。文武的心情开始显得焦躁和不安,这几天的工作基本处于停滞或半停滞状态,除了派人陪着骡军夫妇给其姐姐买了 3500 多元的衣服外(按规定不超 1500 元),骡爸爸的条件没有任何的松动。更重要的是在语言上,文武很难找到和他沟通的节点。

在交流中,文武告知骡爸爸已有 16 具尸体按现有的协议进行了火化,并委婉地讲了临淄地区第一位遇难火化者追悼会的情况。骡爸爸除了脸上闪过的一丝惊讶外,很快平静如初。文武知道骡爸爸虽身在宾馆,但他每天都在看电视中反反复复播放的"'四·二八'事故"进展新闻,更何况他儿子骡军每天晚上都会跑到附近的网吧,从网上进一步了解"'四·二八'事故"的信息,所以文武所说的话他不会不知道,只是怀疑这些话有多少水分。

文武单位上招考了 120 名新教师,等着签录用协议,他和招考的主要同志都靠在事故现场,毕业生已打爆了翠刚科长的电话,而工作无法进行。分管的幼儿园因法人代表的事闹出了官司,文武惹恼了一个说情的老领导,而且他不分青红皂白训斥了工作人员一顿。各种压力袭来,文武感觉仿佛被架在了烤炉上,炙热难耐。他知道再这样下去,如果忍不住对着遇难家属发起火来,肯定要惹麻烦。他觉得最好的方法就是出去走走,放松一下。

好几天已经没有老管同志的消息了,打了几个电话,老管同志总是推托病了过不来。文武考虑若是借看望的机会和他沟通一下,或许有一线希望。于是,文武和局长说明了想法后,下午五点多,他和翠刚科长向潍坊赶去。

潍坊位于山东半岛的中东部,东南连接青岛、日照,东北连接烟台、威海,地理位置尤为重要,抗日战争、解放战争时期,潍坊是必争之地,文武很小的时候就听说过潍县(潍坊前称)战役的惨烈。

从临淄到潍坊只有八十多公里，不到一个小时的路程，但进入市里走起来就费劲了。拥堵的车流，只能望车兴叹。突然，文武接到了妻子的电话，妻子告诉他已做好饭了，问他今晚回不回家吃饭？文武说已经到了潍坊，今晚肯定不能回家吃饭，妻子沉默了好久才挂断电话。

这时，文武才想起今天是"五四"，是他和妻子结婚十五周年纪念日，他们早就约定今年要庆祝一下。以前因为收入低，不敢在这方面奢侈和浪费；现在生活好了，却总是忙于工作，而无暇于妻子一个小小的愿望。想到这些，文武顿时满心的羞愧涌上心头。

文武忙给妻子发了个信息："老婆，对不起！特殊时期只能把幸福埋在心底，处理完后再庆祝。"

妻子回了两个字："忙吧。"

文武不知妻子是嘱托，还是抱怨，但文武相信妻子会理解他所承担工作的重要性，也定能分清国事、家事的大小、轻重和缓急。

到达老管同志的家时已七点多，文武不好说专门去做他的工作，便撒谎说是到潍坊办事顺便过来看望一下他。

只有老管同志和他对象在家，客厅的中间放了一个白色搪瓷盆，盛了半盆棕红色药水，还冒着热气。老管同志一边让座一边对着文武解释说："老爷子过完生日，我本来要过去的，我姐姐在那边我也不放心。可我两只脚有痛风的毛病，常常半夜红肿热痛，每天必须用药水烫，在宾馆的确不方便。"

老管同志边说边指指药水，证明自己不是撒谎。

文武知道老管同志的病是实情，但一直拖着不愿意去现场也是实情。但既然来了，他就把上级的政策要求、面上已火化处理的16位遇难者情况，骡爸爸的强硬态度及过分要求，自己单位上工作的急迫性，包括希望老管同志帮忙劝劝骡爸爸等都一五一十地向老管同志叙说了一遍。

老管同志一直仔细听着,从不轻易插言。

谈到最后,老管同志抿了一口妻子端上的热茶,面露难色地对文武说:"你们和我姐夫打了几天交道,也知道我姐夫的脾气,在家中我们也不好沟通。不过,我电话里再劝劝我姐夫,绝不能和国家对抗。我再烫几天脚,好一点,我马上过去,差不多就快速处理。"

文武知道,老管同志还是在用缓兵之计,但话却句句在理。出来一趟,虽不及预想的结果,但关系上更进了一步,又链接了一条和骡爸爸沟通的渠道。

告辞老管同志,找了一家小饭馆,三个人简单吃了饭,外面已电闪雷鸣。刚上高速路,霎时间倾盆大雨直泻下来,大滴大滴的雨点落在车顶,发出"噼里啪啦"像鞭炮一样的响声,雨柱漫天飞舞,把空间交织成一个连绵不断的雨网,遮掩了前面的路。公路上积满了水,车轮辗过,激起了无数飞射的箭头。文武一边嘱咐司机小王慢一点开,一边凝望着灯光中密密麻麻的雨滴,如同他心中的烦恼,哗哗地落到了地上。

录音机正在播放歌手胡彦斌《男人歌》专辑中的《另一个自己》:

……

想飞,想飞,

我相信没有放不下的行李。

我要寻找,

另一个自己,

经历风雨,

才能够体会彩虹会有多美丽。

要寻找,要寻找,

另一个自己,爱自己,

我要将来有回忆，
我要世界看到新的自己。

八

从潍坊回来的第二天上午十点多，骡爸爸意外地来到文武的房间，问申请书及铁路谈判代表的事宜。文武当然不能说没有给他上报，就说他的申请书已逐级上报了，但因和政策的差距太大，批的希望不大；至于铁路上的谈判代表，一开始说有，但这几天一直没见人。骡爸爸临走前，有点显摆的意思，说他儿子的单位要派人来，对他表示同情和慰问，显然这些成为他进一步抗下去的后盾。

骡爸爸的话倒是提醒了文武，骡爸爸周围，特别是相关的单位领导，还有和国家要求不一致的声音，个别人的好心成为助长骡爸爸无理行为的养料。文武请示领导后，以"国务院'四·二八'事故第36号工作小组"的名义给相关单位下达命令。第一个电话打给潍坊市政府，接电话的是一位刘秘书长。

文武说："您好，我是国务院'四·二八'事故第36号工作小组组长，我们所负责的遇难尸体是山东省第×监狱职工，死者爸爸骡俊利是狱警。在事故处理过程中，其父多次提出无理要求，拒不执行国家政策，给整个处理工作造成阻碍。希望你们要求山东省第×监狱领导出面做好劝说工作。同时，死者的大舅管××，为潍坊市房管局退休工会干部，在亲属中处于重要地位，希望通过潍坊市房管局做好这位亲属的工作，使其积极正向引导。"

刘秘书长一听国务院的处理小组，又是当前举国上下共同关注的大事，一口一个"是"字，最后一句话是"保证落实好领导交办的任务。"事后，文武感觉到好笑，特殊时期一个副科给一个副县安排任务，对方竟然爽快地答应，并迅速落实，这或许也是中国特色。

第二个电话打给国家航天局第 × 研究所……

第三个电话打给山东省监狱管理局……

打了电话,不到两个小时。走廊中传来了吵闹声,骡爸爸将骡军的东西全部扔了出来。去劝说的玉强同志回来说,今天下午骡军接到了单位领导的电话,要求他在处理姐姐的问题上要以大局为重,冷静对待,不能给地方政府增加过重的负担。对于刚工作的年轻人来说,领导的话语不硬,分量却很重。骡爸爸知道是政府在给他家人施加压力,吵闹着想撵着家人全部离开,而独自面对。尽管骡爸爸强硬,但骡军等人并不会走,处理不完他不能撂下父亲,独自回去,再说没处理就回去,他也无法面对领导。

当天下午监狱的政委到位,第二天监狱长到了现场。领导们都是慰问作前提,劝导是主旨,纵使百般劝说,骡爸爸却一直选择了沉默不语,不为所动。

6号下午,省监狱局的张局长说到青岛出发路过,顺便来看望一下家属,并带来了1000元的慰问金。文武知道张局长肯定也是专程赶到,只是为了让劝说不表现的那么直接。

张局长五十五六岁,语言精练而富有逻辑,声音洪亮而富有磁性,干脆利落清晰,字字玉珠落盘。张局长从国家的困难、党员的党性到公安干警的觉悟品质,自己的感受,深入浅出地给骡爸爸分析了一个多小时。一旁的文武都受了感染,但骡爸爸还是坚持沉默,不反对也不表态。

文武知道骡爸爸的压力并不比他少,日子并不比他好过,只是各有各的想法,各有各的难受。刚来时灰白的头发,几天的时间全部雪白,瘦弱而又黝黑的脸庞更加憔悴暗淡。对此,文武满怀同情和可怜,但他古怪的脾气、偏激的行为,又让人心生厌烦和无奈。

文武也看得出虽然骡爸爸一直选择沉默,但在这一轮猛烈的炮火攻击后,骡爸爸已成了孤身老头子。单位的支持轰然倒塌,家人也会因长久的拖累而厌烦,骡爸爸身上表现的硬气明显减弱,恶性事件发生的概率几乎降为零。文武等人一直抱着的火药桶等于拔掉了引线,解决问题也只是时间问题了。

九

7号下午四点,铁路上的魏同志找到文武说:济南铁路局的一位王处长要过来,具体什么事不清楚。

文武满心欢喜,可能这就是盼望的铁路方谈判代表,一位遇难者只赔偿二十万的标准也太低了,在临淄这个小城也仅能买到一个不足五十平方的小房子,况且这几年物价打着跟头地向上翻滚。不考虑感情伤害,对一个受伤小姑娘的抚养也的确难有保障。

不一会儿,王处长只身一人来到宾馆。王处长中等身材,皮肤白白净净,略微有点驼背,肩上挎一个草绿色帆布包。落座后,才知道王处长不是来谈判的,而是作为铁路方代表来调研了解事故处理情况的,文武不免有些失落。

文武把近十天的工作情况详详细细地做了汇报,并问询了其他组的情况,对赔偿标准提出了自己的意见和想法。

王处长是鲁西南口音,说话略有点急促。他说:"面上的情况差不多,大部分在讨论协议,火化的已不在少数,当然强硬的也不少。对于赔偿标准,国家的标准二十万不能动,其他包保组可能由地方政府和承包单位提高了标准,但最高标准没有超过地方公路交通事故的处理。资金也是由地方政府先垫服,再处理。"

讨论完工作,已是六点多钟,回济南的车早已过点。文武给王处长安排了房间,并电话向纪委书记和局长分别作了汇报。纪委书记专门安排了晚宴,执意要款待王处长。

落座后，王处长推托自己酒量不行，不愿动酒，无奈纪委书记的盛情难却。几口之后，初见面的矜持慢慢松弛，话渐渐多了起来，中心自然离不开眼前的事故。

纪委书记曾在出事的东边乡镇上干过书记，对事故前的事情也较为熟悉。他说事发偶然，但隐患早已埋下。

2003年2月，胶济铁路电气化改造工程启动，规定的补偿标准：土房90元／平方米，砖房180元／平方米，据说是二十世纪七八十年代制订的。2004年春节后开始征地，电气化改造工程将和家村一分为二，破坏了村里的整体规划，而且火车就在屋前屋后的桥上跑，不仅危险而且噪音影响生活。最重要的是赔付标准不足以让老百姓搬迁。

镇上做了四五个月的工作做不下来。当年5月，周村区一位副区长来到和家村，被老百姓团团围住，最后在警察的保护下才得以离开，两天后，新的赔偿标准下达——土房150元／平方米，砖房240元／平方米。

因工期紧张，赔偿标准和搬迁地点尚未谈妥的时候，修桥工人已经开始进驻，这更加剧了村民们的愤慨。2004年7月8日清晨，包工头带着几十个工人，手里拿着一色的镐柄做保护，欲强行开工。闻讯赶来的村民越聚越多，冲突随即爆发。在河滩中，民工们和村民用鹅卵石攻来攻去，陆续赶来的警察本想先控制住村民，却进一步助长了民工们的反击，他们开始跑到村里去打砸。越来越多的武警和防暴警察赶来控制了冲突，受伤的村民和民工被送往医院。

但是到了下午，一户家里被砸的村民又跑到工地上报仇，冲突再起。情急之下，上百名村民们跑到铁路上拦下火车，导致胶济铁路中断近两个小时，事件惊动铁道部和党中央。此后，四名村民被警方逮捕，并获罪。据说当年市委书记准备调任福建省任副省长，组织上也已进行了考察,终因堵路事件而搁浅。

"7·8事件"之后,村民们的拆迁赔偿得到提高,砖房350元/平方米。很快,规划线以内的上百户村民开始了集体搬迁。由此,和家村与铁路部门的关系更加对立。实际上,此次出事的S形走线实为当地村民与铁路部门利益博弈的结果。

根据高速客运专线的技术标准,在跨越309国道处,应将原胶济客运线在原线位改造成跨线桥。为保证施工期间胶济铁路的畅通,需修建施工临时便线,将跨线桥两端原有胶济铁路相接。

本来,临时线可从和家村再度穿过,亦可避免出现"S"走线,听说原规划中也有此方案。但据当地村民说,为了节省拆迁成本,避免同和家村再次发生冲突,临时线最终选择从和家村北侧走线,与此同时,同样为了节省成本,铁路部门利用了早期胶济线的四个原有涵洞,使"S"走线愈加突出。卫星地图显示,这段仅有1.5公里左右的临时线路,却有两个圆弧,呈现出一个巨大的"S"形,当火车快速通过时,离心力导致了事故的发生。

一杯白酒后,王处长坚持要喝啤酒,大家第一次见面,不太了解,也就随意了。王处长白净的脸庞在灯光的映射下泛起了红光,话匣子也慢慢打开了。

"丢人呀,真丢人。丢铁路的人、丢全国人民的人!"王处长独自端起酒杯喝了半杯。

"千错万错都是铁路的错,都是济南铁路局和铁道部这帮王八蛋的错。"王处长涨红了脸。

"从2005年3月,铁道部突然宣布撤销全国铁路系统41个分局,实行路局直管站段的改革。之后,各铁路局又撤销合并了不少站段,有的站段甚至分分合合数次。后来听说铁道部要撤销,改革似乎沉寂了一段时间,直到今年3月,铁道部被保留,各种传言又不断涌出,认为铁路改革将再次加速。我们系统内一直流传的下一步铁路改革的主要内容：撤销铁路局，在全国组建铁路公司，并有5大公司、7大公司和8大公司等多种版本。而撤销济南局被认为是铁道部实践这一改革方案的第一刀，具体方案是分拆济南铁路局，山东省的部分并入北京铁路局，江苏省内的部分并入上海铁路局。今年3月，铁道部宣布：陇海线东到连云港，西到虞城县，北到利国站——已并入济南铁路局的原徐州分局各站段划归上海铁路局管辖，新沂西站归上海，胶新线归济南。如此一来，传言得到了部分证实，济南铁路局顿时人心惶惶，大家都在考虑下一步的饭碗，工作自然就松懈了，出问题是早晚的事。"

纪委书记一边听一边点着头。文武起身给王处长添满了杯，并问王处长："火车速度是由火车司机掌控吗？"

王处长说："不完全是，除特殊情况，全部电脑控制。"

"不管怎么控制，乱发文件，乱指挥，就坏了。"王处长喝了口水继续说。

"4月23日，济南铁路局印发154号文件（《关于实行胶济线施工调整列车运行图的通知》），其中包含对该路段限速80公里的内容。仅仅四天的时间，如此重要的文件，却在局网上发布，对外局及相关单位以普通信件的方式由列车传递，而且把北京机务段作为了抄送单位。文件发布后在没有确认有关单位是否收到的情况下，4月26日又发布了4158号调度命令，取消了多处限速命令，其中包括该路段便线的限速。由于调度命令传达快，很快得到了北京机务段的执行，调度人员依照4158号命令将80公里限速从运行器中删除。而154号文件是以车递平信的方式发送，惯例应通过公文传递的渠道下达，该文件要由济南铁路局发送给北京铁路局，然后由北京局逐级传达至运输处、调度所，再传达到各相关的机务段、车辆段，程序冗杂，事故已经发生时文件仍不知所踪。你们说,这些人置国家的财产于不顾,拿人民的生命开玩笑,该杀不该杀?"王处长一边讲一边用力地敲着桌子,愤慨之情溢于言表。

情到深处,酒入浓时。此时,王处长已不用劝酒了,一口一杯啤酒。

"4月28日凌晨2时多,有一趟车司机运行至此路段,运行监控器显示允许速度120公里/小时,机车司机却发现限速标志为80公里/小时,司机按80公里/小时通过,并及时告诉了济南机务段派班室,调度员不放心通知后续另一趟列车司机运行至该地点,如线路允许速度与实际不符,按80公里/小时运行,司机运行至该处发现确实与实际不符,按80公里/小时通过。早上3点,值班调度通知周村东、王村站值班员分别通知上、下行司机,仍按4240号、4241号命令内容中的限速里程限速80公里运行,并预告司机。4时左右,调度人员通过共同商量,根据154号文件,发布4443、4444号命令,要求限速关系两端站及济南东、济南、淄博站分别交上、下行各次列车,在此路段限速80公里/小时。该命令没有发给T195次机车乘务员,漏发了调度命令。王村站值班员收到了4444号临时限速命令,但没有与T195次司机进行确认,也未认真执行车机联控。由于运行图调整,T195次此时已晚点了约20分钟,T195司机为了赶点,以原本写入运行监控器的131公里的时速疾驶。"

最后漏掉的命令号竟是四个"4",恰恰发生了特大翻车事故。这当然是好事者胡乱联系,但也只能用巧合做出无法说清的解释。

王处长有点醉了,纪委书记劝他回去休息。他不但不起身,而且坚持说下去。大家陪着他,继续听他讲完。

"前面这些都没做好,最后的一线生机就掌握在火车司机手中。一般在司机上车前,都会将运行全线的限速数据通过IC卡输入运行监控器,然后按照这些数据行驶。如果限速被输入'黑匣子',一旦超速列车会根据限速自动减速甚至停车,司机是不可能超速行驶的。一般情况,司机不会也不应该怀疑调度命令。司机只有一双眼睛,既要盯着监控装置显示屏,又要看路况,在时速131公里的情况下,凌晨四点多,很难做到不间断瞭望。因此,机车乘务员没有认真瞭望,限速牌一晃而过,失去了防止事故的最后时机。"

说到这,王处长又喝了一杯酒,夹菜的筷子已经拿不住,舌头也僵硬了,不一会趴到桌子上,彻底醉了。

文武知道王处长是借酒浇愁,满腹的委屈和苦闷,今天终于得到了发泄。从王处长身上,文武看到了铁路人对所从事工作的责任感,懂得了爱之愈深,恨之欲痛的道理。

十

第二天吃过早饭,王处长就坐公交车去了张店。临走前,他说昨天喝多了,说了醉话,并一再表示歉意。

文武把王处长传达的信息,向局长作了详细说明,并向区政府有关领导进行了汇报。区政府的答复是按区委书记第一次会议的要求:坚持原则性与灵活性结合,多在灵活性上做文章。

上级有指示,局长敢出钱,工作就成了一大半。

文武为了避免让骡爸爸一口封死,把骡军喊到了他的房间。骡军满脸愁绪,他一直因姐姐参加自己婚礼发生意外而自责。

文武一直劝他要想得开,现在只能面对现实,担负起责任,照顾好老的,抚养好小的。劝归劝,身处其中,才能感知其酸楚。

骡军时而两只手掌相对,在腿上拧来拧去,时而用右手用力拽着头发,唉声叹气。沉默几分钟后,骡军抬起头,望着文武说:"领导,我们也知道你们受组织之托,处于夹缝之中,工作也很难。但我爸爸坚持也是实在没有办法,你们也知道,我姐姐死了,姐夫这么年轻肯定会再成立家庭,再要小孩。如是这样,外甥的处境可想而知。"说到这,眼泪不停地从骡军的面颊流下,文武的双眼也湿漉漉的,他赶紧把纸巾盒递给了骡军。

骡军抽出两张纸,擦了擦眼泪。说道:

"我爸爸外表看似坚强,但内心异常脆弱,只是因我妈妈已崩塌,他勉强撑着。他整宿整宿地睡不着,身体愁坏了,血压升高,血糖升高,一直吃着药。最后,我做通了我对象的工作,准备暂时让外甥到北京,由我父母照看。姐姐的钱我们全部给孩子存起来,等着上学用。在临淄、潍坊,二十万还能做点事,但在北京,又无北京户口,可能还不够孩子幼儿园和小学的借读费。"

做教育工作的文武听说,一位歌唱家为了让孩子到某大学附中上学找到了教育部长,还缴了八万多元。一个无户口的孩子在北京上学,其困难更难以想象了。

文武点着头,他既钦佩骡军的担责精神,又表示认可骡军的观点。

文武抓住时机,对骡军说道:"小骡,你在军工单位工作,你也明白有些东西就是合法却不合理,也有的合理却不合法,国家政策一旦出台,谁也不能突破。为了尽快解决问题,我们单位准备拿出几万元钱,给家属一点安抚,表示一下心意。"

听说承包的单位要出几万元钱帮助国家安抚遇难家属,骡军脸上挂满了惊讶和怀疑。

骡军问:"能出多少钱?"

文武说:"国家二十万,单位最多十万。"

文武早就考虑了,不能说多,吊起家属的胃口,工作不好做;也不能很少,一旦家属答应了,少于面上其他单位的赔偿,家属知道后还会找他的麻烦。说个"十万",离公路交通事故的处理还有五万的距离,他准备应对家属的讨价还价。

骡军答应说:"回去和父母商量一下。"

骡军没有马上回复文武。中午吃饭时,他告诉文武父母还在考虑。

吃过午饭不多时,文武接到了老管同志的电话,他说感觉身体好些了,想过来看看,问能否安排车接他一下。文武一听老管同志要来,知道事情出现了转机,甚是高兴。便连忙安排司机小王向潍坊赶去。

老管同志到时已四点多,他五点多到文武的房间。他对文武说:"骡军已把工作组的意思向他说了,他对工作组和区教育局很感激。但他姐夫的工作仍不好做,少了五十万,坚决不干。"

文武向老管同志解释说:"你也知道国家就是二十万,一分也不多赔付。如果我们区局的安抚款超过国家的标准,鼻子大过了头,我们无法交代。再说你也清楚,不讲别的,就是这十几天的感情我也想多给家属。因为钱不用我出,家属很感激,工作还有成绩,我何乐而不为呢?但事情解决总得有个限度。"

他反问道:"钱,虽区局垫付,但最后工作组还不是和铁路部门算账,钱多钱少应该铁路出吧?不能地方政府受累,还要赔钱。"

"道理是这么个道理。但上级政府和铁路部门一直坚持二十万不松口,多出的铁路部门给也罢,不给也罢,扔给政府再说。我们领导也说了,只要家属满意,区教育局豁上赔点钱也值,反正是为国家处理事情。"文武说道。

老管同志听文武句句实情,想来想去也是这个理,但作为家属代表就是同意,也不可能爽快应允。一直谈到吃饭,老管同志答应再做一做姐夫、外甥的工作,明天再谈。

第二天,骡爸爸仍没有出面,由老管同志、骡军和工作组继续交

涉,说来说去就是那么几个事,直到中午。最后商定按地方公路交通事故处理:

骡玲抚恤金:20年×1.4＝28万元

女儿李×抚恤金:(18－5)×0.8×1/2＝5.2万元

丧葬费:1万元

精神损失费:1万元

共计35.2万元。其他来回车费、油费等一切由此产生的费用全部实报实销。国家通过民政部门拨付20.2万,从区教育局转账15万元。

火化追悼会定在5月10日上午9点30分举行,工作组负责追悼会的安排,家属负责通知亲戚朋友,监狱领导负责单位领导同事。

卸下火药桶的文武,满身轻松。屋外又下起了小雨,今年的雨水特别多,这已是这十几天内的第四场雨。文武独自一人撑着伞,在宾馆前的人行路上,来回走着,慢慢回想着这十几天中认识的这十几个人,悲惨的骡玲、懦弱的李涛、活泼的小姑娘、倔强的骡爸爸、崩溃的骡妈妈、忧郁的骡军、稳重的老管、火爆的徐政委、善言的张局长、伤感的王处长等等,一个个、一幕幕浮现在他的眼前。这十几天,对他来说,是一种考验,是一种历练,是一种担当,更是一种责任。他无法预知未来,但他尽心做好了现在。正如这平凡而微小的雨滴,滴滴雨丝汇细流,涓涓细流成江海。

小雨淅淅沥沥一直下到第二天早上,文武到达殡仪馆时,监狱的喷着公安标志的大巴车已到达。追悼会很简朴,最难过的还是骡妈妈,怀中依旧抱着女儿的红色外衣,蓬乱的头发遮盖着整个脸庞,两个女人虽用力地架着她,但因极力挣扎而满身沾满了雨水。

此时此刻,满院子的人双眼噙满了泪水。此情此景,文武想到了蒋士铨《岁末到家》:

爱子心无尽,归家喜及辰。寒衣针线密,家信墨痕新。

见面怜清瘦,呼儿问苦辛。低徊愧人子,不敢叹风尘。

启动的大巴,带走了一世的友情;散去的人们,也放下了一生的牵挂。

文武和骡爸爸的两双大手紧紧握在了一起,文武真诚地表达着照顾不周的歉意,骡爸爸发自肺腑地重复着"谢谢"二字,虽然简单,但眼神中饱含理解和感激。临走时,骡爸爸一再表示要给工作组写感谢信,下午就会让司机带回来。

文武望着载着骡爸爸的车辆渐行渐远,发自内心地祈望国家、骡家这样的悲剧不再重演;如果有来世,骡玲的来去别再这么匆忙……

山东第一张"教育券"诞生记

2004年,辛店街道在山东省率先建立了"教育券"制度,并于10月10日在大武学校举行了隆重的"教育券"首发仪式。中央电视台、山东电视台、淄博电视台;《解放日报》《大众日报》《齐鲁晚报》《北京日报》《淄博日报》《齐鲁石化工人报》等多家媒体作了跟踪报道;央视国际网、新华网、大众网、新闻网、长江网、百灵网、新浪网、新华报业网等30多个知名网站分别以"山东首张教育券,资助学前幼儿和贫困学生""省内首张教育券诞生临淄""教育券淄博初试水"等标题予以发布和转载。"教育券"制度的建立,得到了国家教育部、省、市领导和社会各界的充分肯定和高度认可。在感受成功的同时,其中还有很多鲜为人知的故事,现在记录下来,以待喜好者查考。

"教育券"出自偶然的机遇

2004年4月,国家教育部王化敏司长在省教育厅基础教育处王春英科长、市教育局王世军督学和区教育局朱于敬局长等领导的陪同下到辛店中心幼儿园进行调研。在园长室座谈时,朱于敬局长汇报了全区幼儿教育的情况,辛店街道的朱成贵书记汇报了辛店教育情况。王化敏司长听了两个领导的汇报非常高兴,特别是听到朱成贵书记谈到每年投入专门的资金用于幼儿教育事业发展时,她说:"你们每年对幼儿教育投入大量的资金老百姓不一定知道,群众不一定认可。你们不如转化成教育券发给幼儿家长,让幼儿拿着来入园,变暗补为明补。这样,群众会更认可政府对幼儿教育的投入。"

听了这些话,只是对"教育券"一个粗略认识,具体怎么做并不明白。因为第二天国家教育部的刘玉茂处长来辛店中心小学考察特殊教育的随班就读情况,在当天晚上的准备会上,我又同朱于敬局长谈起王化敏司长提出的"教育券"问题。朱局长鼓励我说:"振斌,你可以在辛店大胆地试试,这是个好事情。"

送完国家教育部两个考察团后,再细细揣摩"教育券"这个问题时,感觉有很大难度。一是辛店的幼儿园按物价部门核定的标准每月应收 160 元,而每月实收 60~80 元,如果把政府所有的投入转化成"教育券"的形式给老百姓,幼儿园不但没有了收入,而且还要退钱给学生家长,幼儿园就难以生存和发展。二是如果按物价部门核定的标准收费,提高的部分用"教育券"的形式发放,等于做了一个"朝三暮四"的游戏,我们浪费了钱财,老百姓不认可,白白自找麻烦。三是如果让利于群众,每月少收 10 元,全街道幼儿园全年少收 6 万余元,对于建设不断增加、标准不断提高的幼儿园来说,这已是一个不小的数目。因此,此事就放了下来。

2004 年 8 月,市教育局基础教育科袁仲霞副科长来辛店王朱幼儿园指导工作,又谈起"教育券"的问题,并且说她在出发时同泰安市主管幼教工作的同志说过,人家非常感兴趣。听到这个消息后,我们感到再不办,我们早得到的信息,就会被别人抢先占领。于是,我同中心校领导班子商量后,决定每年赔上 6 万元也要办好这件事情。

8 月 20 日开始,安排由教研室王月慧主任负责起草文件。月慧同志非常负责,上网收集了大量的关于"教育券"的材料,并且把义务教育段特困学生纳入"教育券"的实施范围。我看后,除了对内容结构、部分字句段落进行了简单修改外,其余的非常满意。首先向分管教育的党工委副书记韩伟进行了汇报,我们俩一起又向办事处沈先荣主任进行了汇报,得到他的大力支持。之后,我们向党工委书记朱成贵进行了汇报,朱书记很利落地说:"这是个好事,咱们尽快办。振斌你放心,你们干了活街道不会让你们赔钱,花多少钱全部由街道负责。"听了朱书记的话,心里说不出的激动和高兴。

这期间得到一个消息,省教育厅在3月份已经发文,准备在滨州市的沾化县进行"教育券"实施试点,但不知道什么原因一直未建立起来,这促使我们更进一步加快实施的速度。我把修改后的文件草稿尽快交给了朱成贵书记。第二天,朱书记召开了书记办公会,五个书记专门研究了一下午,特别是对使用范围、对象、如何实施进行了严格的审核,并提出了修改意见。第二周周一,朱书记在全体机关人员会上专门讲了实施"教育券"制度的好处,并把这一工作作为下半年的一项重要工作。会后,又召开街道两委成员会,再次对文件进行了修改审查。9月4日,辛店街道《关于在学前教育、义务教育阶段实行"教育券"的意见》带着浓烈的墨香传到区教育局、市教育局。自此,山东省第一张真正意义上的"教育券"在临淄区辛店街道诞生了。

"教育券"深受省、市领导重视

文件发出后,我同韩伟副书记商量,这件事只发一个文件恐怕难以取得很好的效果,要想搞得轰轰烈烈,必须搞个仪式,通过新闻单位进行宣传,让师生知道、家长明白、社会清楚。在韩伟副书记的授意下,我起草了关于组织"教育券"首发仪式的方案,上报街道党工委、办事处。领导研究后,决定首发仪式与大武学校新建餐厅的落成典礼一并在大武学校举行,初步定在10月10日进行,取意这项工作会实(10)打实(10)、实实在在。

期间，从市教育局传来消息说，此事已上报省教育厅，省教育厅领导非常感兴趣。我考虑，既然领导感兴趣，应该报送一份完整的材料，让省厅领导详细了解"教育券"的有关内容，更恳切希望领导提出建设性意见。正好教师节，在省教育厅帮忙的李德乾主任回来，我把所有的材料整理一份后，让李主任捎到了省教育厅，并让李主任转达我们希望省厅领导出席首发仪式的意向。

几天后，李主任从济南给我回话，省厅领导很赞赏我们的做法，并同意参加我们的首发仪式，让我们以区教育局的名义给省厅发邀请函。于是，我们起草了邀请函，请区教育局的朱局长审查后，准备上报省教育厅。本来由于其他重要工作，我未打算去省厅。但就在要出发的当时，省教育厅回话，省厅基教处杜希福处长就在办公室等我，让我亲自去汇报。于是，我把其他工作交代给别人后，带着以区教育局名义起草的邀请函直奔济南。

10点30分，我到省厅后，知道杜处长工作忙，想尽量减少汇报时间。但杜处长平易近人，没有一点领导的架子，说话也很随和。我把我们的基本想法和前段的准备工作汇报后，杜处长高兴地说："从你的汇报和我的体会来看，只有好处还没有发现不足，能增加政府对教育的投入，能减轻群众的负担，能调动教师的积极性，是好事，应该试一试。"杜处长把主管幼教工作的王春英科长叫到他办公室，把我们的想法向王科长作了介绍，王科长激动地说："你们如果搞起来，可不只在山东是第一家，幼儿教育券在全国也是第一家。"当我问杜处长能否参加我们的首发仪式时，杜处长说："最近王副省长要听新基础教育改革和高考制度改革汇报，我暂时不能去。春英科长要组织省级示范园验收，也不能去。让主管义务教育的王忠民副处长去吧。"

由于王副省长很关注这项工作，曾给省厅财务处作过专门的批示，杜处长安排我们向财务处进行汇报，但由于财务处领导不在，只好给他们留下了一份邀请函。很快一个小时过去了,中午,杜处长专门安排了饭,准备招待我们。作为一个小小街道中心校长能接受省厅领导接见已是激动不已了,让领导请我们吃饭更是不敢。于是,我找了个理由,千辞万谢后,踏上了回家之路。

此后,我们又给市教育局发了邀请函,张洪亮书记在邀请函上专门批示:此项工作具有前瞻性和创新性,请政策研究室搞好跟踪调查,成功后在全市推广。

10月8日,节后上班的第一天,省厅传来消息说,由于国家教育部到山东调研,王忠民副处长要陪同调研,仪式最好能延到14号以后。邀请函我们也同时发到了市、区领导手中,如果延期的话,市、区领导也要重新发邀请函,影响不好。况且,10号以后朱成贵书记要参加市委组织的培训班,我要参加市校干培训班。我向朱书记、朱局长汇报后,两个领导一致同意按期进行。朱局长并答应我,9日上午,我们俩一起向市教育局领导汇报仪式准备情况,并进一步落实出席的领导。

在这中间,针对第二天举行仪式所用的餐厅还出现了几个非常有趣的小插曲。一是给安装灯具的建设公司,拿不到现钱,灯具马上撤下搬走;二是安装厨房设备的商家,货已拉到了大武学校的门口,但不给钱就是不安装;三是建设餐厅房顶的厂家就在一角露天放着十几张钢瓦,不给钱就不盖好。商家都摸准了明天我们必须用餐厅,只有这个时候榨油才能榨干。这三个小事,使我们深深地感到市场经济驱动的前期,"诚信"二字显得很苍白无力。

两位记者把"认真"二字给我们诠释得明明白白

在首发仪式前的准备会上,我们曾多次讨论怎么能请到党报党刊的记者给我们报道此事。在这以前,我们根本没有办法同党报党刊的记者联系,研究来研究去都感觉到请党报党刊的记者很难,请《大众日报》《齐鲁晚报》社的记者我们连想都不敢想。

9日下午,我从张店回来,到现场落实准备工作时,办公室苗主任告诉我说:上午12点时接到一个电话,问我们明天首发仪式的情况,好像是《大众日报》社的记者要来。我立即让苗主任查电话号码,可惜苗主任的手机不显号,我摆弄了半天也未成功。因为我们并没有同《大众日报》社的记者联系,估计苗主任听错了,我半信半疑。

回到单位时,突然接到在宣传部帮忙的陈德亭科长的电话说,《大众日报》社的王原主任、《齐鲁晚报》社的彭东主任要采访我们的首发式。两位记者考虑到我们首发式可能比较忙,不用我们的车接。晚上8点从济南坐火车,11点派人到淄博站接。我听后,高兴异常,马上用电话向我们街道朱书记进行了汇报,朱书记安排沈主任做好接待工作。由于晚上有宣传部和街道领导负责接待,第二天还有好多工作需要我安排,我让月慧和司机小桑听从领导安排后,8点就回家休息了。

后来,听说这两个大报社的记者很认真、很吃苦、很敬业。他们凌晨1点到宾馆,简单喝了点豆浆后,就草拟采访提纲。早上5点起床,先向陪同同志了解有关情况。仪式结束时,已经近12点了。两位记者采访了园长、老师、学生和家长,考虑到我比较忙,把我放在最后一个采访。采访过程,我很尴尬。两位记者从准备发放"教育券"的数额、幼儿人数和特困生数到幼儿教师的月工资额,问得一清二楚,而且各项数字要碰头说话。因为我们只是首发式,"教育券"还未发到学生手中,具体的操作需要首发式后进行,所有数字还只是一个估算数字,所以有个数字难以一时搞清,两个记者帮着反反复复几次落实这个数字。采访直到下午1点多,出席会议的市、区领导多次催着吃饭才结束。饭间,两个记者还向领导询问未搞准的数字。晚上,两个记者又给幼儿园的王青园长打电话进一步落实数字。

后来,到济南送记者的司机告诉我,两个记者很认真。走之前,就到区委宣传部给报社打电话说采访的事件非常好,让报社预留了明天的版面。到济南后,两记者专门到省教育厅进一步落实辛店的"教育券"到底是否是山东第一张"教育券",得到明确答复后,两位记者才罢休。第二天,《大众日报》报道的题目是"省内第一张教育券诞生临淄",《齐鲁晚报》的题目是"教育券淄博初试水"和"教育券能解多少烦和忧",抓得点好,报道很有深度和广度,而且报道的篇幅也比较长。第一次同大报社的记者打交道,其吃苦、认真精神和观察事物敏锐的视觉,让我们自叹相差甚远,很值得我们学习。

同两个记者在交谈中,才得知他们是从省教育厅得到消息的。听区委宣传部的同志说因为报社的记者直接到现场进行了报道,报社驻淄博记者站的记者没得到消息,他们多次找区委宣传部的有关同志,责备他们有好的新闻不向上报。实际上,在报社的两个记者来之前,区委宣传部也不知道这一消息。

"教育券"在辛店教育史上写下了浓重一笔

我们根据"教育券"的作用总结了三句话:"教育券"是政府对人民群众的"信誉卡",是人民群众对学校的"报销单",是幼儿教师对政府的"工资折"。"教育券"实实在在地给老百姓带来了实惠和好处。

一是辛店街道在保证所有教育公用经费全部拨付到位的前提下,每年从预算外增加投入17余万元用于支持"教育券"的发行。2004年筹资34万余元,在全省率先建立了幼儿教师养老保障体系,解除了幼儿教师的后顾之忧。更令我高兴的是幼儿教师健康向上、奉献进取,成为辛店教育的表率。二是将政府筹集的教育经费变成"教育券"后,让过去群众"看不见"的教育福利变得一目了然,提高了政府在群众中的威信,树立了政府在人民群众中的良好形象。三是"教育券"制度实施后,制定了《关于进一步深化幼儿教师工资改革的意见》,将"教育券"纳入教育人事管理之中,幼儿教师人均增资100元,高的月收入800余元。四是让幼儿拿着"教育券"自由选择幼儿园和老师,使幼儿变成教育市场中最活跃且享有主动权的主体,真正实现了以幼儿为中心。同时,"教育券"给群众带来了实实在在的福利待遇,让更多的幼儿家长选择了标准的公、民办幼儿园,扼制了非法幼儿园的发展。据统计,建立"教育券"制度后,与往年同期相比公办园增加幼儿84名,巩固率提高了15%,吸引辖区外幼儿142名,学前三年入园率、巩固率均达100%。

根据省厅的要求,我用电子邮件的形式将"教育券"的发行情况向全国学前教育研究会理事长、北京师范大学教授冯晓霞专家进行了汇报。冯晓霞理事长热情回复:"张校长:您好!收到您的邮件,看后很感动也很受鼓舞。你们开展的工作很有创意,你们为教育事业、为儿童着想,把国外的经验创造性地运用到当地。我相信,你们一定会摸索出一套适合自己的方法。有时间我一定去学习。因为我现在在新加坡,回邮件晚了,请原谅!祝春节快乐,阖家幸福!"

2005年春节前,省教育厅的领导到辛店进行了调研。正月初六,冯晓霞理事长专程从北京赶到淄博听我作了近四个小时的专题汇报。冯理事长听得非常认真,并不时打断我的汇报,详细地询问具体的情况。她还向我谈了在山东省调研时,陪同她的王副省长对辛店"教育券"评价为"变暗补为明补,让群众明明白白地享受教育福利"。最后,冯教授评价说:"幼儿教育最大的问题是政府投入的不足,教育券恰恰抓住了解决这一问题的瓶颈,你们已经取得了显著成效,走下去定会获得更大成功。下半年,我一定同教育部的王化敏司长、再带上专门搞教育投入的硕士生一起到辛店现场研究学习"。

  2004年12月底,我们作为淄博市的唯一代表在全省基础教育工作例会上作了典型经验介绍,在各地市教育局长、基教处长中引起了轰动。2005年1月,我们又作为临淄区的唯一代表在淄博市基础教育工作会上作了典型经验介绍。市教育局在全市教育工作总结报告上评价为"临淄区辛店街道办事处在学前教育、义务教育段推行'教育券'制度。此举在我省尚属首例,其中学前教育段发放'教育券'属全国首创。"

2005.1

读者反馈

  "教育券"在临淄教育史上写下了浓重一笔。读完文章,心头不禁一颤,作为一个领导,敢想更要敢做,做就要做到实处,得人心才能更好地办教育。这个过程也是艰辛的,只有启程,才会到达理想和目的地。其实人生就像一杯茶,不会苦一辈子,但总会苦一阵子,相信付出的同时也会得到相应的回报。人生不在于做过多少大事,而在于时时刻刻都在做有意义的事。

拓荒牛

题记：

临淄——两年多年前的齐国之都，山清水秀、人杰地灵、齐桓公雄居东方，房玄龄一代名相……对于这些，于世登在上小学时已经很熟悉。他虽没有从老祖宗们那里秉承南征北战的武略，却也学会了治家兴民的本领，创下了一番平凡而又不平凡的成绩。

时势造就英雄，古老的磨盘造就了一副铮铮铁骨

1934年于世登降生于淄河岸边的临淄城东门村。苦难的岁月里降生的孩子是不幸的。父母靠卖豆腐为生，全家人的生命就系在那棵大杨树底下古老的磨盘上。

从上学开始，于世登每天放学回家做的第一门功课，便是推磨。不知用断了多少根磨棍，也不知换了多少根磨绳，只记得盛豆浆的大盆满了又满，磨棍也从平推于胸前渐渐地移到腰间，他用尽全身力气拽动着那盘倔强的老磨，岁月在那圆圆的磨道里转了一圈又一圈。

贫困的生活激励他发奋读书，每当报春花盛开的时候，他便会拿回一张奖状，以慰藉父母那两颗哀伤的心。也只有在此时，父母那两张劳累困苦、布满皱纹的脸上，才会露出一丝微笑。

1957年，于世登这个益都一中的高材生，终于在高考中取得了优异成绩，父母们笑了，眼里滚动着欣喜、幸福的泪花，脸上洋溢着满足

和欢乐。

对于一个农家子弟来说,真正的也是唯一出路便是读书、上大学,跳出农门,光宗耀祖。

可命运却偏偏同他过不去,关键时刻,1米85个头,学校的长跑冠军、身壮如牛的于世登,体检却出现了问题,上大学成了一个遥远的梦。

他痛哭流涕,滚滚北流的淄河水融进了他那一行行清泪,圆圆的磨盘记载了他那受伤的岁月。

大学的门朝他关闭了,忠厚老实的父母,真诚的乡亲并没有忘记他,重新唤醒了他勇敢生活的勇气。于是,他肩负父辈们的希望,踏上城关民办中学之路,在家乡的土地上开始耕耘,收获。

教师的工作是平凡的,三尺讲台,一摞作业;教师的工作是清苦的,两袖清风、一身粉笔末。可他认定了这份工作,并且一干就是37年

呈现在于世登面前的不是宽敞明亮的教室,更没有整齐结实的桌椅。三间地主的磨坊,几十套石桌石椅和70亩贫乏的土地。创建时的困难,37年后提起来,于世登还是胆战心寒。

作为创建者的负责人,他没有被困难吓倒,他依靠从艰苦生活中练就的毅力,顶着风雨往前冲。

歪斜的墙壁顶起来,倒塌的桌椅扶起来。办学的宗旨:想农民之所以想,急农民之所以急,为农村经济发展服务。办学的方法:长短结合、灵活多样、坚持理论和实践相结合。教学内容:除语文与数学等基础课外,还增加了农村应用文,农村实用数学等乡土教材。经济来源:靠自力更生、艰苦奋斗,学生边学习、边劳动。学生上课时,于世登站在讲台;学生劳动时,于世登忙碌在田间。和学生同吃一锅饭,同喝一碗汤。六年为社会培养人才1300余人,《人民日报》《大众日报》多次撰文介绍他们的教学经验,《大众日报》还专门发了社论,以示推广。

当回想起这段历史时,于世登紧紧地闭上了眼睛,好似在深深地回味那个时代的苦辣酸甜……

城关中学一下子成了全国的先进典型,名气有了,教学稳定了,该满足了。这时,于世登面对学校静静地思考着。大家明白平静的表面难以掩饰他那躁动的心,1963年他毛遂自荐到梧台再创建农业中学。

历史上,梧台虽早负盛名,但在20世纪50年代,摆在于世登面前的却是一片荒芜的涝洼地、杂草滩。

彩笔绘美景,巧手绣佳色。于世登便利用自己这只灵巧的神笔,开始在梧台这张白纸上书写、绘画。在通往20里外淄河滩的小路上有他的身影,那是他在带领学生推着独轮小车运沙盖房;在通往铁山的大路上有他的足迹,那是他带领学生运石头时留下的一个个深深的脚窝。

老百姓是真诚的,看到校长亲自动手建学校,贫穷多难的乡亲们攒了又攒、抠了又抠,老大爷旱烟袋里的烟沫换成了地瓜叶,大姑娘们又穿上了补了又补的百纳衫……为啥?为了省下几个钱建自己的学校,为了子孙后代不再受苦受难……

"山不在高、有仙则灵;水不在深、有龙则灵"。在梧台这片荒芜的土地上,自从来了于世登这个"土校长",便又开始焕发了勃勃生机。7年的心血,泼洒在梧台这片土地上,在这一页白纸上,于世登终于又画上了一个满意的句号。

尔后,他又辗转于葛家村、谢家村、稷下中学任校长。每到一处,他便埋下一捧生命的种子,开出一片火红的鲜花。

至今谢家村的老太太们还常说:"咱村里的学校(谢家中学)、南边学校(稷下中学)都是人家老于建的,连咱村吃水的井还是老于给打的,老于这个人咱不能忘啊!"

话语不多,朴素而又平常,可心是真诚的。为人民谋福利的人,人们不会忘记,也难以忘记。

"我是人民的儿子,我活一天就为人民干一天。"于世登如是说

1986年的春天,组织上安排于世登到临淄区第一职业高中任校长。这所学校地处偏僻的农村,交通不便,简陋的校舍,裂缝随处可见;教师队伍不稳,闹着走的挤破门,教学质量差,学生来源少,整个学校摇摇欲坠。

看到这种情形,于世登急得食不甘、寝不安,浓密的黑发一夜之间全白了。妻子心疼了,说:"老于,放着舒坦日子咱不过,把自己糟蹋成这个样子,咱到底图个啥呀!"

真可谓:往前一步难于上青天,退后一步天地宽。难道知难而退、从此销声匿迹?于世登痛苦地思考着,开弓没有回头箭,最后老于终于下定了决心。

事业的成功,是脚踏实地的干出来的。于世登上任后的第一突破口,是大搞勤工俭学。提出的口号就是"一不等、二不靠,三不伸手向上要,自力更生艰苦创业。"

第一个工厂,同齐鲁石化公司联办激光印刷厂。经理第一次到校,看到学校简陋的条件直摇头,最后将了老于一军:五天内交上股金 10 万元,开办费 5000 元,咱就办,交不上就拉倒。这一道"最后通牒"着实让老于犯了愁,脑子里总是翻来覆去的"五天、10.5 万元"这几个简单数字。找到会计,会计摊开账本表明,学校只有最后的 67

元。没办法,只好找银行贷款,提着酒瓶子到了银行主任门口,可人家硬是不让进。

贷款不成,坐以待毙?等是不行的。老于先拿出了准备买冰箱的 3000 元,又走亲访友,给学校借了 1 万元。"众人拾柴火焰高",教师看见校长不分白天黑夜地干。纷纷拿出手里的余钱,全体教职工自愿两个月不领工资,先借给学校,四天的时间凑款 12 万元。交给办厂经理后,经理竖起大拇指,说"没想到、真没想到,这个厂咱办定了。"

万事开头难,只要开了头,其余的事也就迎刃而解了。随后学校又上了黄油厂、印刷机械厂、电视维修门市部,养猪、鸡、兔厂等,形成了"三养四种、五厂六门市"18 个勤工俭学项目。固定资产 200 余万元,年收入 30 余万元。淄博市人大主任陈庆照同志视察了学校后,拍着老于的肩膀说:"你不但是一个教育家,而且还是一个企业家。"

第二个突破口,拓展专业面,开发新专业。1986 年以前,学校只有一个农学专业,难以吸引学生。四十多名教职工,培养着八十名学生,也实在让人悲哀。

老于看在眼里,急在心里。分析来分析去,终于明白学生少的症结,就在于专业单一、不灵活。于是老于骑着自行车跑乡镇、串机关、考察研究。7 年内先后上了机电、服装等九个专业,学生人数增加到 1070 人。

教学上,充分利用"三养四种,五厂六门市"实习基地,学生边学习、边劳动,能文能武。七年中,共为社会培养人才 4000 余人。从 1987 年开始,学生高考成绩,连续六年居全市职业中学第一名。

1991 年,临淄区决定对该校进行校改。学校资金缺、外援少,于世登白天黑夜连轴转。十冬腊月、三夏酷暑还领着学生拆房盖屋。奉献了多少?收获了多少?寸笔薄纸难以尽数。

徜徉在宁静的校园,吸着新鲜的空气,仿佛置身于新的桃花源境地。

坐在学校接待室里,目视着一张张奖状、一面面锦旗:"山东省科技先进单位""山东省专业技术教育先进集体"……我们深知,这其中凝聚着这位年过半百的老党员的多少心血,渗透着他多少辛勤的汗水。

"谁言寸草心,报得三春晖。"1991年于世登被授予"全国优秀教师"称号,1991年荣获淄博市建功立业三等功……三十年来寒暑苦度,于世登终于在他自己的人生道路上也立下了几面鲜红的旗帜。

(此文与人合作,1994年发表于《中华儿女》第六期,内容有改动。)

回眸五十年

（代后记）

打开我的QQ资料时常看到：昵称，文武，男，49岁。

实际上，我也知道"49"这个数字对我来说，已经存在不了几天了，进入"知天命"之年可以按天算，也可以按时算，甚至可以按分秒计算了。

俗语说："人过五十大半辈。"

和朋友闲聊，不免伤感：人生苦短。向前看十年，茫茫无际；向后看五十年，匆匆一瞬。在孤寂沉静时，时常扪心自问：这五十年，大自然留给了我什么，我又对大自然回馈了什么？思前想后，用一两句话还真不好回答，但深入思考一下，纵是一滴晨露也会有湿润掠过，是一颗流星也会有光亮闪耀，是一只寒蝉也会有歌声鸣响，五十年坎坷的人生旅途"千山万水脚下过，一缕情丝挣不脱"。苦中生情，乐中蕴情，连接人生的就是绵延不断的苦乐情怀。

曾有网友告诉我：人生就是一杯苦茶，暂时的苦酽换取的是长久的甘甜。回望五十年的磨砺，何尝不是从一杯苦茶开始。

"文化大革命"初年，我出生在鲁中平原乌河东岸的一个百十户人家的小村，贫穷是当时大多数人要面对的课题，特别是对于家底薄、孩子多的家庭来说，吃穿都是巨大的难题。

因为贫穷，三四岁的时候，嘴馋的我曾经从别的小伙伴的手中抢过半根油条。

因为贫穷,上小学时多日蹲挪着拾小麦,曾磨破了裤子,连续多天露着两个黑黝黝的屁股蛋子。

因为贫穷,外出上初中时,曾睡得比别人晚,起得比别人早,就是为了掩盖连个裤衩都没有的尴尬。

因为贫穷,在中学的宿舍中,睡着平地铺一层柴草的地铺,蚊子、虱子、跳蚤时时伴随在我们的左右,吃的是老鼠饱餐后给我们剩下的一点煎饼。

因为贫穷,上高中时,为了三元钱的资料费而从家中到学校来来回回好几次,最后靠学武同学才得以解决。生活的困顿,甚至使我几次游走于中途退学的边缘。

因为贫穷,上了大学,我还为百十元钱的公寓费犯愁,搬砖出窑、干建筑当小工、推着小车赶集。

因为贫穷,工作几年了,我为了买一台小霸王学习机练习电脑,而让老婆孩子倍受吃糠咽菜的煎熬。

因为贫穷……

当我把这些人生的磨砺变成一篇篇小文时,又常常会体味海明威的忠告:生活总是让我们遍体鳞伤,但到后来,那些受伤的地方一定会变成我们最强壮的地方。

细细想来,五十年的行程,我何尝不是在困苦和磨难中爬行,从而获得坚强和快乐。

当伙伴们在嬉笑打闹时,我常常躲在无人顾及的小屋,捧着张行的《武陵山下》,静静享受湘西剿匪的激情岁月。

当家人们酣睡入梦时,我常常在充满油烟的煤油灯下,捧读《钢铁是怎样炼成的》,静静享受心中的初恋——冬妮娅。

当同学们饭后散步时,我常常捧本历史或地理书,走入田间地头,静静享受"书中自有黄金屋,书中自有颜如玉"的乐趣。

当好友们在享受棋牌的情趣时,我常常一杯清茶一本书,一个本子一支笔,静静享受《人生》的真谛,回味路遥《平凡的世界》的曲折。

当同事们回家享受八小时外的天伦之乐时,我常常独坐办公室的微机前,在键盘上敲打出几页甚至几十页的稿件,静静享受"有作为才能有地位"的内涵。

当欢快的人们在迎新辞旧之时,我常常蜗居小室,在新春的锣鼓爆竹声中,手捏小平板,静静享受《回家过年》的快乐和《乡思》的丝丝情怀。

……

苦中有乐,乐中有忧,苦乐互寓,交织相生,也许这才是真正的生活。

记得在有一年的开学典礼上,我给学生们讲我少时的梦就是"作家梦"。往台下看时,几个同事在偷笑。其实,这并不是我在不知天高地厚地自吹自擂,而是一直在书写着自己对文学写作的追求和感悟:文学就是把自己有感想的事情特别是伤感的事情记录下来。如果真是如此,只要把平常的事情记录下来,提炼升华,当个作家又有多难?最重要的是一生能否做好两个字——坚持。

回望自己上高中时,因为没有较好的逻辑思维和推理能力,最头疼的学科是物理,到现在一想到重力加速度就头疼脑涨。分科时,我不得已选了文科。促使我由一个平庸的落后生成为较突出的优秀生的根本方法,是坚持记日记的习惯。不管时间紧不紧,不管学习任务重不重,我每天都要记下几页日记。有时记录的是生活中感兴趣的事,有时是对自己坚持不懈的鼓励和鞭策,有时是对自己懈怠松散的批评和检讨。每学期一本,共半抽屉日记。日记本,不仅成为我反思自己、完善自我的灵丹妙药,更是我美化写作语言、提高写作品味的过滤器。可以说：写作——助推了我从乡村跨入了高等学府的大门。

二十世纪八十年代末，我被分配到一所农村学校任教，离老家和城区都较远。八九十人的学校，每年都有近十人调走，到城区的机关、学校或工厂工作是许多人的梦想。因而好多人找关系、托熟人说道说道是常有的事。对于我来说，有想法但少有门路，我也就只能勤恳工作。我在别人喝酒饮茶、下棋玩牌之时，独坐灯下看书写作。我让书写工整漂亮的学生用稿纸帮着誊写，然后投递到报纸杂志。偶尔也有小文见诸报端，或在省、市获奖。时间久了，因能做一点别人看似不能为的小事，我在领导和同事中的地位慢慢提高，自己由老师变成中层，由副职变为正职。因能写点小文，凭同学的极力推荐，在局长都不熟悉的情况下，我被调到好多同事都羡慕的区局工作。可以说：写作——促使了我从农村进入城市、由做业务跨入了干行政工作。

二十世纪初，我在区局工作。当时的老局长思路清晰超前，看问题想事情常有独到见解，说话做事干练麻利，旺盛的精力连我们年轻人都自叹不如。这自然对我们有一种无言的威慑，没有非汇报不行的事谁也不敢到局长办公室去。有一次，我去向局长汇报工作，刚坐下老局长就说："振斌，看了最近你写的三篇刊登在党报头版显要位置的报道，我感觉你抓点有高度，分析有深度，总结有广度。大家都认为你有思想，能干事。"听到局长能对自己的工作认可，我由衷高兴，从此便常常利用工作之余，把工作经验写成总结，并不断发表于各类报刊。新闻报道成为我向领导汇报工作的最有效方式，在领导中的认可度也得到了迅速提高。可以说：写作——促进了我个人事业的快速发展。

作为一校之长，我每天面对三千余人，人事更迭，是是非非，可谓无一日不萦绕；安全压力，质量考核，可谓无一时不纠缠。有人锻炼消遣，有人娱乐排解，有人借酒浇愁，而我独愿关门落锁，行走于字里行间,斟酌于句读标点,把散落的记忆连缀,把别人的笑谈修葺,把自己的感受升华,排忧解烦。在博客中与文友交流,在QQ上与密友畅谈。因几篇自认为不错的报告文学和散文刊发于稍有影响力的报刊,而深受舞文弄墨朋友的青睐。可以说,写作——使我的心境充满阳光和快乐。

如果说将五十篇文学作品汇集成《凝眸深情》并出版,算做是我迈向作家梦想的一小步的话,在落脚的一刹那间,猛然发现其中渗透着许多人的心血和汗水,这其中有许多给予我幸福和关怀的亲人、领导、同学、同事和朋友……

母亲,典型的农村妇女,性格率直,甚至有点倔强和要强,凭借一只卖鸡蛋的篮子,在二十世纪的贫穷时代,硬是把我们弟兄四个"挎入"了高中或大学。母亲很平凡、很普通,87岁的高龄了,依然能简单地劳动,依然能赶集为我买菜。母亲的质朴和坚韧是我写点东西的根基,母亲的平安和健康是我积极创作、保持快乐的源泉。

妻子,没有冬妮娅的漂亮,对己有点苛刻,特别是我和儿子很少从妻子口中得到过一句鼓励的话语。但她善良贤惠,体贴入微,把我和儿子"训练"得衣来伸手饭来张口,有时连只袜子也非她而不能。对待老人,我谈不上孝道,甚至有些粗劣、满不在乎,但妻子对母亲的无微不至,成就了"有个好儿子不如有个好儿媳"的俗语。家庭成为我养护心灵的港湾,妻子成为我享受亲情幸福的连心结。

当然,最不能忘怀的还是一路耐心教导、悉心培养我多年的于尚鲁、张士友、孙林涛、刘学军、耿佃春、王桂文等老领导;与我肝胆相照、荣辱与共的王义朴、孙正军、张成刚、边继俊等老同学;与我共处一室,同守一方的从区局到临淄二中的老同事。文友褚美娟、于爱景等在繁忙的工作之余,洋言作评,不吝赐教。马国庆先生是区局的老同事,可谓饱读诗书,气盛才高,在百忙之中欣然作序。在此一并感谢!

完成此文时，恰逢党的生日，妻子读后，笑言我的白描给党抹黑，给社会主义丢脸，我想我们党的思想路线不就是"实事求是"吗？我一直愿意用真实的语言剥离过去的伪装，呈现给世人真实的自己。

此为后记。

2016. 7. 1